비블리아 고서당
사건수첩

— 도비라코와 신기한 손님들

BIBLIA KOSHODOU NO JIKENTECHO
-TOBIRAKO TO FUSHIGINA KYAKUJIN TACHI-

ⓒ En Mikami 2018
First published in Japan in 2018 by KADOKAWA CORPORATION, Tokyo.
Korean translation rights arranged with KADOKAWA CORPORATION, Tokyo
through Korea Copyright Center Inc.

—

미카미 엔 지음, 최고은 옮김

비블리아 고서당 사건수첩
— 도비라코와 신기한 손님들

D&C
BOOKS

ビブリア古書堂の事件手帖

비블리아 고서당 사건수첩 1
- 도비라코와 신기한 손님들

1판 3쇄 발행 2023년 3월 23일 | **지은이** 미카미 엔 | **옮긴이** 최고은 | **펴낸이** 신현호
편집장 김승신 | **편집** 권세라 | **북디자인** 이혜경디자인
본문조판 한방울 | **마케팅** 김민원
펴낸곳 (주)디앤씨미디어 | **출판등록** 2002년 4월 25일 제 20-260호
주소 서울시 구로구 디지털로 26길 111 JnK디지털타워 503호
전화번호 02.333.2513 | **팩스** 02.333.2514

ISBN 979. 11. 278. 5010. 4 (04830)
     979. 11. 278. 5009. 8 (SET)

정가 12,000원

비블리아 고서당 사건수첩 ↕

프롤로그◎ … 011

제1장 기타하라 하쿠슈 요다 준이치 엮음 『탱자꽃 기타하라 하쿠슈 동요집』(신초문고) … 023

제2장 『엄마와 나의 추억의 책』 … 085

제3장 사사키 마루미 『눈의 단장』(고단샤) … 173

제4장 우치다 햣켄 『임금님의 등』(라쿠로우쇼인) … 229

에필로그◎ … 279

후기◎ … 287

ビブリア古書堂の事件手帖

―扉子と不思議な客人たち―

◎ 지금까지의 등장인물

시노카와 시오리코
비블리아 고서당의 젊고 아름다운 주인.
처음 만난 사람과는 거의 대화가 힘들 정도로 낯을 가리지만,
고서에 대해서는 타의 추종을 불허하는 지식을 풀어놓는 진성 책벌레.
두뇌 회전이 빠르고 뛰어난 추리력을 가졌다. 다이스케의 아내.

고우라 다이스케
할머니가 남긴 나쓰메 소세키의 '그 후'를 둘러싼 수수께끼를 계기로,
비블리아 고서당에서 일하게 된 청년. 과거의 체험으로
책을 읽지 못하게 된 특이체질의 소유자. 무뚝뚝해 보이는 외모로
오해도 많이 받지만, 책에 어떤 동경을 품고 있다. 시오리코의 남편.

시노카와 도비라코
시오리코와 다이스케의 여섯 살 난 딸. 엄마를 닮은 얼굴에 독서가 취미.
책 이야기가 나오면 날카로운 직감을 발휘한다.

시노카와 아야카
시오리코의 동생. 시오리코와 달리 활발한 성격으로, 거짓말을 잘 못한다.
고서점 일을 잘 모르지만, 언니를 대신해 집안일을 하거나
가게를 보는 경우가 많다.

시노카와 지에코
시오리코와 아야카의 모친. 고서에 관해서는 시오리코를 능가하는
지식을 가졌지만, 강압적인 거래도 거침없이 하는 일면이 있다.
어느 날, 시오리코에게 『크라크라 일기』를 남기고 집을 나가, 10년 동안
자취를 감췄다. 서양의 고서 거래를 위해 전 세계를 돌아다니고 있다.

사카구치 마사시
젊은 시절, 생활고로 은행을 털었다 체포된 전과가 있다.
『논리학입문』을 계기로 결혼한 스무 살 연하의 아내 시노부와
서로 의지하며 살고 있다. 안과 질환으로 거의 앞이 보이지 않는다.

사카구치 시노부

마사시의 아내. 표정이 풍부한 서글서글한 성격의 여성.
비블리아 고서당에 들고 온 『논리학입문』사건 이후,
시노카와 자매와 가깝게 지내고 있다. 어린 아들이 하나 있다.

다마오카 스바루

비블리아 고서당 근처에 사는 젊은이. 시오리코의 어머니, 지에코가
다마오카 집안에 판매한 미야자와 겐지의 『봄과 아수라』초판본을
둘러싼 소동을 통해 시오리코, 다이스케와 알게 되었다.
아야카와 같은 고등학교 선후배 사이로, 비블리아 고서당에서
가끔 아르바이트를 하기도 한다.

다키노 렌조

고난다이에 있는 다키노 북스의 아들. 고서 시장의 운영위원이기도 하다.
동생인 류가 시오리코의 동창으로, 시오리코와는
옛날부터 알고 지내는 사이. 시노카와 집안 사정을 잘 안다.

고스가 나오

비블리아 고서당의 단골이었던 시다가 소장했던
고야마 기요시의 『이삭줍기 성 안데르센』도난 사건을 계기로 시오리코,
다이스케와 알게 되었다. 아야카와 같은 고등학교 출신 동급생이었다.
사건 이후에는 시다와 책 이야기를 하는 사이가 되었다.

시다

정판 문고본을 중심으로 거래하는 자칭 책등빼기. 구게누마 해변 근처의
다리 밑에서 노숙자 생활을 했다. 한때 행방불명이었다.

요시와라 기이치

요코하마에 있는 마이스나 도구점의 전 사장.
셰익스피어의 고서를 둘러싼 쟁탈전에 패배한 뒤, 속세와 인연을 끊고
살아가는 모양이다.

프롤로그

책을 읽던 시노카와 시오리코는 불현듯 고개를 들었다.

'내가 뭘 하고 있었더라.'

안경 안쪽의 고운 눈썹이 좁아진다. 고개를 비스듬히 기울인 순간 하나로 묶은 긴 검은 머리카락이 물결쳤다. 그녀는 기타가마쿠라에 있는 자택 부엌에 서 있었다.

눈앞의 테이블에는 지금까지 열심히 읽던 대형 양장본이 놓여 있었다. 이타가키 노부히사, 고니시 지즈루의 『쇼와 천황의 식사』. 아사히야 출판. 쇼와 천황의 식단을 요리법과 함께 소개한 책이다. 카레라이스나 그라탱 등 의외로 소박한 메뉴가 많아서 평범한 가정에서도 만들어 먹을 수 있을 것 같았다.

"아."

그제야 기억이 났다. 저녁에 뭘 먹을지 고민하다, 힌트가 될까 싶어서 1층 서고에서 가져온 책을 어느샌가 정신없이 읽고 있던 것이다. 남편 다이스케가 있었으면 한마디 해줬을 테지만, 오늘은 아침부터 외출 중이었다.

오늘은 시오리코 부부가 경영하는 비블리아 고서당의 정기 휴일이었다. 별다른 일정도 없었다.

옆의 다다미방에서 텔레비전 소리가 들렸다. 화면 속 여성 리포터는 내후년의 도쿄 올림픽을 앞두고, 신국립 경기장 공사에 박차를 가하고 있다고 설명했다.

2018년 가을. 시오리코가 고우라 다이스케와 결혼한 지 7년이 지났다.

다이스케는 예전 모습 그대로라는 말을 자주 하지만, 시오리코 본인은 아마 외모보다는 성격을 두고 하는 말이라 여겼다. 한번 책을 읽기 시작하면 아무것도 눈에 들어오지 않는, 그런 시오리코와 꼭 닮은 가족이 하나 더 생겼다.

"안 볼 거면 텔레비전 끄자."

다다미방에 들어간 시오리코는 리모컨 버튼을 눌렀다. 노란 원피스를 입은 소녀가 좌탁 앞에 정좌하고 있었다. 올해로 여섯 살이 된 다이스케와 시오리코의 딸이었다. 안경을 쓰지 않은 것과 나이가 다르다는 점을 제외하면,

고운 얼굴과 검고 긴 머리는 어머니를 쏙 빼닮았다.

"……도비라코."

이름을 불러도 대답이 없다. 시노카와 도비라코는 책에 푹 빠져 있었다.

에도가와 란포의 『전기인간 M』. 소년탐정단 시리즈 중 하나다. 포플라샤에서 나온 구판으로, 책등에 황금가면 마크가 들어갔다. 유치원생이 읽기에는 좀 이른 책이지만, 그것을 이상하게 여기는 이는 이 집에 없다. 시오리코도 도비라코 나이에 읽었다.

시오리코의 스마트폰이 울렸다. 남편 다이스케의 전화였다.

"여보세요?"

통화 버튼을 눌러 이야기하며 복도로 나갔다. 걸음이 빨라지면 조금 다리를 저는 건, 옛날에 다친 후유증이다.

"지금 하네다에 있는데, 좀 부탁이 있어요."

다이스케는 빠르게 말했다. 서로 존댓말로 이야기하는 습관은 결혼하고 나서도 바뀌지 않았다. 어렴풋이 공항의 안내방송 소리가 들렸다. 벌써 비행기 탑승수속이 시작된 모양이다.

다이스케는 오늘 상하이로 떠난다. 시오리코의 어머니, 시노카와 지에코가 주관하는 큰 거래를 돕기 위해서였다.

7년 전, 시오리코와 다이스케는 지에코와의 쟁탈전에서 승리해, 셰익스피어의 귀중한 희곡집 퍼스트 폴리오를 손에 넣었다. 그 일을 계기로 외국 고서의 매매를 지에코에게 배우게 되었다. 도비라코가 태어나고 나서는 몇 년쯤 중단했지만, 지금은 부부가 교대로 해외에 있는 지에코를 돕고 있었다.

"부탁이 뭔데요?"

"책을 어디에 두고 온 것 같은데요, 파란 가죽 커버를 씌운."

"아, 그 책이요."

이따금 남편이 소중히 펼쳐보는 책이다. 어떤 책인지 시오리코도 잘 알고 있었다.

"어디에요?"

"아마 가게 카운터…… 아니, 창고였던 것 같아요. 어쨌든 시간이 나면 좀 들여다봐줘요."

"알았어요. 찾아둘게요."

시오리코는 먼저 대답했다. 다이스케는 부탁한다고 말한 뒤 전화를 끊었다. 값어치가 있는 책은 아니었지만, 가급적이면 남의 눈에 띄지 않는 게 좋겠지.

안채에서 가게로 들어갔다. 불이 꺼진 어스름한 가게

안에 책이 빼곡히 꽂힌 책장이 늘어서 있었다. 오랜 세월을 거친 종이 냄새에 안도감이 들었다.

할아버지가 비블리아 고서당을 처음 열었던 50여 년 전부터 이 풍경은 아마 달라지지 않았을 것이다. 지금 가게 책장을 정리하는 건 다이스케였다. 활자본을 장시간 읽지 못하는 체질은 여전했지만, 일을 맡길 수 있을 정도로는 성장했다. 시오리코가 통신판매를, 다이스케가 매장 판매를 주로 담당하고 있었다.

작업 공간이 마련된 카운터에 파란 북커버의 책은 보이지 않았다. 어디 있는 걸까. 시오리코는 관자놀이를 짚으며, 요 며칠간의 다이스케의 행동을 순서대로 떠올렸다.

시오리코는 직접 목격한 남편의 행동을 최소 한 달 치는 상세히 기억하고 있었다. 탁월한 기억력 덕분이지만, 그 사실을 남에게 이야기한 적은 없었다. 스스로도 스토커 같다는 생각이 들었기 때문이었다. 책을 보고 있을 때를 제외하면, 그녀의 관심은 대부분 남편과 딸에게 쏠려 있었다.

마지막으로 파란 북커버를 본 건 어제 오후였다. 시오리코가 점심식사를 마치고 가게로 돌아왔을 때, 다이스케는 그 책을 덮고 일어나고 있었다. 마침 책을 팔러 온 손님이 커다란 박스를 들고 들어오던 참이었다. 가게 밖에는 손님이 타고 온 차가 서 있었다.

"어서 오세요."

다이스케는 재빨리 카운터를 나가 손님의 짐을 받았다. 커다란 덩치와는 달리 군더더기 없는 신속한 행동에 시오리코는 저도 모르게 눈길을 빼앗겼다. 결혼 전부터 그런 다이스케의 모습을 눈으로 좇는 것이 그녀의 비밀스러운 즐거움이었다.

'참 멋져.'

책을 찾는 것도 깜빡한 채, 씩 웃으며 거듭 기억을 되새기고 있는데 뒤에서 소리가 들렸다.

"무슨 책 찾아?"

노란 원피스 차림의 도비라코가 커다란 눈동자를 반짝이며 물었다. 얼버무릴 수 있을 것 같지 않았다. 자신이 그러했듯, 이 아이도 책에 관련된 일이라면 날카로운 직감을 발휘했다. 시오리코가 책을 찾으러 온 걸 이미 알고 있었다.

"……비밀."

웃음의 여운을 남긴 채 그렇게 대답할 수밖에 없었다. 괜한 기대를 갖게 하는 말투는 시노카와 지에코와 판박이였다. 언젠가 그렇게 되는 걸까. 살짝 자기혐오에 빠졌다. 일을 돕게 된 뒤로도, 과거 가족을 버리고 집을 나간 어머니에 대한 응어리는 완전히 사라지지 않았다.

"왜? 가르쳐줘."

도비라코는 입을 삐죽였다. 시오리코는 침묵을 지켰다. 아이의 눈에 띄는 걸 원치 않았기에, 다이스케는 일부러 전화해서 부탁한 것이다.

"힌트라도 줘⋯⋯. 치사해⋯⋯."

연기하듯 카운터 여기저기를 뒤지기 시작했다. 음정도 안 맞는 콧노래까지 흥얼거린다. 아까까지 읽고 있던 소년탐정단 시리즈의 영향이겠지.

도비라코는 시오리코와 달리 감정 표현이 풍부하고 말도 야무지게 잘했다. 그런 점은 지금은 독립해 자취하는 동생 아야카와 닮았다. 하지만 누구하고나 금방 친해지는 아야카와 달리, 도비라코는 유치원과 동네에 친한 친구가 하나도 없었다.

도비라코는 다른 아이들에게 관심을 보이지 않았다. 어디를 가더라도 책을 꼭 끼고 신나게 책장을 넘겼다. 주변 사람들의 걱정은 나 몰라라, 본인은 지극히 명랑했다. 유치원에서 다른 친구들하고도 놀아야 하지 않겠냐고 시오리코가 조심스레 권해도 봤지만, "난 책이 친구인걸." 하고 환한 얼굴로 선언한 까닭에 아무 말도 할 수 없었다.

십 대 중반까지 친구라고는 하나도 없이 책만 읽었던 시오리코에게 딸을 나무랄 자격은 없었다. 그건 알고 있었지만, 사람들과도 어울려야 한다고 생각했다.

누구하고나, 는 아니더라도 누군가와는.

"아, 이 책!"

딸의 목소리에 가슴이 철렁했다. 설마 아무 힌트도 없이 책을 찾은 건…… 아니었다. 도비라코의 손에 들린 건 전혀 상관없는 문고본이었다.

신초문고의 『탱자꽃 기타하라 하쿠슈 동요집』. 요다 준이치 엮음. 초판은 1957년. 여기 있는 건 1993년에 복간된 책이다.

"이거하고 같은 책, 저번에 시노부 아줌마네서 봤어!"

시노부 아줌마란 즈시에 사는 사카구치 시노부를 말한다. 과거 『논리학입문』이라는 책을 돌려받기 위해 입원 중이었던 시오리코를 찾아온 여성으로, 시력이 좋지 않은 연상의 남편, 초등학생 아들과 함께 세 식구가 즈시에 살고 있다. 시오리코 부부와는 여전히 친하게 지내는 가족이었다.

"기억하고 있네."

시오리코는 고개를 끄덕이며 말했다.

"아주머니 댁에 있는 『탱자꽃』은 원래 우리 가게에 있던 거야."

그 책이 사카구치 가에 가게 된 경위는 복잡했다. 시오리코도 사카구치 부부에게 사정을 들은 건 훨씬 나중 일이었다. 그리고 아마 모든 이야기를 털어놓은 건 아니리라.

여러 사람의 손을 거친 낡은 책에는, 내용뿐 아니라 책 자체에도 이야기가 담겨 있다.

"시노부 아주머니가 우리 집에서 사갔어?"

"아니. 사카구치 씨…… 사카구치 아저씨가 가족에게 선물 받은 책이야."

"마사 아저씨가?"

도비라코의 눈이 휘둥그레졌다. 이름은 사카구치 마사시지만, 아내인 시노부는 '마사'라고 부른다. 그 애칭이 도비라코에게까지 전염된 것이다.

"잘 모르겠어. 무슨 소리야?"

시오리코는 잠시 생각에 잠겼다. 사정을 들었을 때 시노부는 숨길 일도 아니라며 웃었다. 하지만 책에 담긴 이야기에는, 소유자의 사생활도 포함되어 있다. 아무에게나 이야기할 수는 없었다.

이 아이에게 이야기해줄 수 있는 건, 들어도 상관없는 부분, 이야기로 따지자면 줄거리 정도겠지.

"가르쳐줘! 궁금하단 말이야."

문고본을 든 채 도비라코가 달려들었다. 책에 관한 일이라면 뭐든지 알고 싶어 하는 딸이었다. 옛날의 시오리코와 똑같았다.

"아무한테도 말 안 한다고 약속할 거야?"

"응! 약속할게!"

도비라코는 힘차게 손을 들었다.

도비라코. 다양한 일에 관심을 가져주기를, 많은 문을 열어보기를, 그런 소망을 담아 시오리코와 다이스케가 지은 이름이었다. 이 아이도 책을 통해서라면, 다른 사람과 관계를 맺는 것에 관심을 가져줄지도 모른다. 책이라는 이야기의 문을 여는 것처럼.

발 받침대를 가져와 딸을 앉혔다. 시오리코도 근처의 철제 의자에 앉았다.

"도비라코가 태어나기 전 해에, 아빠랑 엄마랑 결혼한 지 얼마 안 됐을 때의 일이야……."

시오리코는 조용히 이야기를 시작했다.

『からたちの花 北原白秋童話集』

― 北原白秋 与田準一編 ―

新潮文庫

01

탱자꽃 기타하라 하쿠슈 동요집

기타하라 하쿠슈 · 요다 준이치 엮음

신초문고

‘기타가마쿠라’라는 역 이름이 들어간 표식 앞에 요코스카 선 열차가 정차했다.

히라오 유키코는 열린 문을 지나 승강장에 내렸다. 평일인데도 열차 안이나 승강장에 노인들의 무리가 눈에 띄었다. 모두 움직이기 편한 복장에 배낭을 메고 있었다. 잠시 생각한 끝에, 지금이 단풍놀이 철인 11월이라는 사실을 깨달았다.

가마쿠라를 찾은 건 20년 만이었다. 대학에 갓 입학했을 때, 남자친구와의 데이트로 찾았던 게 마지막이었다. 그 남자친구와 졸업 후 결혼해, 세 아이를 낳고 이혼했다. 지금은 육아와 직장 일로 정신없이 바쁘다. 단풍놀이와는 인연이 없는 숨 가쁜 생활이었다.

오늘은 지바 현의 나라시노에서 여기까지 왔다. 물론 관광 목적이 아니라, 즈시에 사는 삼촌을 방문하기 위해서였다. 그 전에 기타가마쿠라에 들려야 할 일이 있었다.

스마트폰의 지도 애플리케이션을 열어서 목적지를 확인했다. 승강장에서 보이는 위치라고 하던데.

'……저긴가?'

승강장 옆 도로 건너편에 낡은 2층집이 보였다. '비블리아 고서당'이라 적힌 회전 간판이 눈에 들어왔다. 유키코가 서 있는 곳에서 겨우 몇 걸음밖에 떨어지지 않은 거리였지만, 개찰구는 승강장 끝에 있었다. 어쩔 수 없이 멀리 돌아가야 하는 모양이었다.

한숨을 쉬며 유키코는 서둘러 걸음을 옮겼다. 생각한들 달리 방법이 있는 것도 아니다. 불쾌한 일은 빨리 끝내버리는 게 제일이다. 힘든 일도 금방 잊어버리는 건 유키코의 특기였다. 그런 상황 대처능력이 없으면 초등학생과 유치원생을 데리고 살아갈 수 없었다.

오늘 찾아갈 삼촌의 이름은 사카구치 마사시라고 했다.

벌써 30년 가까이 히라오 집안과 인연을 끊고 살던 인물이었다.

삼촌을 찾아가게 된 건 아버지의 입원이 계기였다.

유키코의 아버지, 히라오 가즈하루는 나라시노의 중학교에서 교편을 잡았었다. 고지식하고 재미없는 성격이라 학생들에게 인기가 많지는 않았지만, 교사는 천직이었다. 정년퇴직한 후에도 학원 강사로서 70살 가까이까지 교단에 섰다.

밤늦게까지 교재를 만들거나 답안지 채점에 몰두하는 오랜 습관이 화근이었는지, 지난달에 뇌졸중으로 쓰러졌다. 목숨에 지장은 없었지만, 오른쪽 반신을 거의 움직이지 못했고, 말도 제대로 하기 힘들어졌다. 어머니 히사에가 날마다 병원에서 병구원을 했다.

사카구치 마사시에게 전화가 온 것은 그런 시기였다. 어디서 아버지의 입원 소식을 들은 모양이었다.

"형님 문병을 가도 되겠습니까."

수십 년 만에 들은 목소리는, 소름 끼칠 정도로 아버지의 목소리와 똑같았다. 유키코는 삼촌의 근황을 물을 생각도 못 한 채, 부모님에게 물어보겠다고만 대답하고 전화를 끊었다. 수화기를 잡은 손에 진땀이 배어 있었다.

사카구치 마사시는 유키코의 아버지 가즈하루의 여덟 살 어린 이복동생이었다. 가즈하루의 아버지, 유키코의 할아버지는 첫 결혼에서 아내를 잃고, 몇 년 뒤에 재혼했다. 아이가 생겨서 어쩔 수 없이 혼인신고를 했지만, 당초부터 부부 사이는 좋지 않았다.

재혼한 부인이 어떤 사람이었는지 말해주는 친척은 아무도 없었다. 좌우지간 마사시를 낳고 나서 채 5년도 지나지 않아 아이를 데리고 집을 나갔다고 한다.

아버지는 어린 동생이 걱정돼서 딱 한 번 이사한 집에 찾아간 적이 있었지만, 이미 다른 곳으로 이사한 뒤였다고 한다. 그 후로 소식은 완전히 끊겼다.

다시 사카구치 마사시의 이름을 들은 건, 그로부터 15년쯤 지나서였다. 20대 후반이었던 아버지가 교사로 처음 담임을 맡았을 무렵이었다. 이미 할아버지는 타계한 뒤였다.

그해 1월, 직장을 잃고 자포자기 상태에 빠진 마사시는 은행 강도짓을 하다가 체포됐다. 법적으로 성인이었기에 실명으로 언론에 보도되었다. 경찰관과 신문기자들이 아버지의 학교와 집으로 찾아왔다.

"온 동네며 학교에 근거 없는 뜬소문이 퍼졌지."

남의 이야기를 하듯 어머니가 그렇게 말한 적이 있었다. 아버지와 결혼한 직후의 일로, 유키코도 태어나지 않았던 시절이었다.

"돈 때문에 우리 집에 찾아온 적이 있는데, 너희 아버

지가 매몰차게 돌려보내는 바람에 은행강도가 된 거라
고. 서로 어디 사는지도 모르는 사이였는데 말이야…….
너희 아버지 성격 알잖아, 무슨 소리를 들어도 가만히 있
었어. 교감 승진이 날아간 것도 그 사건 때문일 거야."

말투는 평소와 다름없었지만, 눈에 웃음기가 없었다.
곱게 자라 얌전한 성격의 어머니에게는 떠올리고 싶지도
않은 사건이었던 모양이다.

어머니는 사카구치 마사시가 아버지의 문병을 오는 걸
반대했다. 물론 유키코도 동의했지만, 아버지의 생각은
달랐다. 매사에 과묵했던 아버지는 아프기 전부터 배다
른 동생을 어떻게 생각하는지 직접 표현한 적이 거의 없
었다.

얼마 후에 사카구치 마사시가 선물을 보냈다. 답례는
하지 말라는 메시지도 함께였다. 아버지에게 전하자, 마
사시에게 출산 선물을 보내고 싶다고 했다.

숙모가 아이를 낳았다는 소식은 알고 있었다. 스무 살
어린 술집 마담과 오래 동거하다, 최근에 아이가 생겼다
고 했다.

징그러워. 그것이 솔직한 느낌이었다. 삼촌은 이제 환
갑이었다. 부인은 마흔을 앞둔 유키코 또래였다. 그 나
이의 사람들이 아이를 낳다니. 소름이 끼칠 정도로 징그

러워서 축복할 마음은 들지 않았다.

좌우지간 축의금이 든 봉투를 준비했는데, 아버지는 하나 더 희한한 부탁을 했다. 축의금과 함께 책 한 권을 전해달라는 것이었다.

기타하라 하쿠슈의 『탱자꽃』이라는 동요집이었다.

인터넷에서 검색하니 절판된 책이라, 헌책 통판 사이트에서 주문했다. 재고를 보유한 서점은 여럿 있었지만, 유키코는 그중에서 기타가마쿠라에 있는 고서점을 선택했다. 기타가마쿠라라면 가는 길에 들러서 받아갈 수 있기 때문이었다. 나라시노 집으로 보내면, 방문하는 날까지 도착하지 않을 가능성이 있었다.

그 고서점이 비블리아 고서당이었다.

기타가마쿠라 역에서 나온 사람들은 유키코와 반대 방향을 향해 걸어갔다. 그쪽에 큰 사찰이 있는 모양이다. 비블리아 고서당이 자리한 길에는 인적이 드물었다.

부드러운 가을 햇살이 가게 처마에 내리쬐고 있었다. 한편 책장이 빼곡히 늘어선 가게 안은 어둑했다. 고서 마니아들이 이용하는 가게 같았다.

가끔 화제가 된 베스트셀러를 읽어보는 정도인, 활자와 그다지 친하지 않은 유키코에게는 문턱이 높았다. 보이지 않는 벽에 튕겨나가는 듯한 기분이었다.

가게 안쪽 카운터에 안경을 낀 긴 머리의 젊은 여성이 앉아 있었다.

무지의 하얀 블라우스에 녹색 카디건을 걸친 수수한 모습이 주변의 고서들과 조화를 이루고 있었다. 화장기 없는 얼굴을 들자 이목구비가 또렷한 생김새가 나타났다. 고서점이라고 하면, 나이 지긋한 남성이 경영하는 이미지가 있었는데, 같은 여성이 있는 걸 보니 괜히 안심이 됐다.

유키코와 눈이 맞자 여성은 굳은 표정으로 어색하게 인사를 건넸다.

유리문을 열고 안으로 들어갔다. 그렇지 않아도 좁은 통로에도 책이 잔뜩 쌓여 있어서, 발로 차지 않으려 애쓰며 걸었다.

"어, 어서 오세요……. 차, 찾으시는 책이 있으신가요?"

작은 소리로 그렇게 말하며 여성은 카운터를 짚으며 일어났다. 수수한 외양과 어울리지 않는 풍만한 가슴이 눈앞에서 흔들렸다. 왼쪽 약지에 낀 결혼반지가 반짝거렸다.

'결혼했구나.'

이 사람이나 그 배우자에 대해서 아는 건 없지만, 결혼

생활이 부디 행복했으면 좋겠다고 생각했다. 젊은 사람이 자기처럼 고생하지 않았으면 하는 마음이었다.

"인터넷에서 주문한 책을 찾으러 왔어요. 히라오라고 합니다."

유키코의 말에 상대의 얼굴이 단번에 환해졌다. 지금까지의 생기 없는 모습은 거짓말처럼 사라지고 없었다.

"아, 기타하라 하쿠슈의 『탱자꽃』! 잠깐만 기다리세요."

그녀는 한 손으로 카운터를 짚은 불안정한 자세로 근처 책 더미에 손을 뻗었다. 카운터에 세워 놓은 금속 지팡이가 눈에 띄었다. 이 여성은 다리가 불편한 모양이었다.

"주문하신 책이 맞는지 확인 부탁드립니다."

여성은 문고본을 내밀었다. 기타하라 하쿠슈라는 이름이 반투명 커버에 큼지막하게 인쇄되어 있었다. 산뜻하고 세련된 디자인이었다.

"네, 맞아요."

아버지에게 표지 사진을 보여주며 맞는지 이미 확인했다. 새 책처럼 깨끗한 상태였지만, 가격은 그리 비싸지 않았다.

"선물용인데 포장 부탁드려요."

그 말을 입 밖으로 내고 나서 아차 싶었다. 백화점에서 일하는 유키코에게는 당연한 요청이었지만, 이런 고서점에서 포장 서비스를 제공할까?

"알겠습니다."

흔쾌한 대답이 돌아왔다. 포장 서비스를 실시하는 가게라 다행이다. 내심 가슴을 쓸어내렸다.

"……노시熨斗선물이나 축의금에 다는 종이 장식를 달까요?"

"괜찮아요. 포장만 부탁드립니다."

노시는 축의금 봉투에 달았으니, 그렇게까지 할 필요는 없겠지. 점원은 포장지를 꺼냈다. 작업 속도가 빠른 편은 아니었지만, 책을 다루는 정성스러운 손길이 마음에 들었다. 분명 이 일을 좋아하는 것이리라. 불현듯 교사란 직업을 사랑했던 아버지의 얼굴이 머릿속을 스쳐지나갔다.

"하쿠슈의 동요를 좋아하세요?"

"……제가 아니라 아버지가 기타하라 하쿠슈를 좋아해요. 아버지가 동생…… 삼촌에게 이 책을 선물하고 싶다고 해서."

아버지는 옛날 시나 동요를 좋아해서, 기타하라 하쿠슈의 전집이나 시집도 다수 수집했다. 어릴 적, 유키코에게 불러주었던 노래는 모두 하쿠슈의 동요였다. 동생인 마사시에게도 불러줬을지도 모른다.

"시인으로도, 가인歌人일본의 전통시 와카나 단카를 짓는 사람을 일컫는 말으로도 유명했지만, 동요는 지금도 널리 사랑받고 있죠. 「벽창호」나 「벽난로」, 「빨간 새 작은 새」……그리고 「탱자꽃」, 전 이 가사를 정말 좋아해요.”

탱자꽃이 피었네.
하얗고 하얀 꽃이 피었네.

탱자나무 가시는 따끔해.
파랗고 파란 바늘 가시라네.

점원은 나지막한 목소리로 노래를 부르기 시작했다. 이 노래를 좋아하는 유키코도 따라 부르다, 서로 얼굴을 마주보며 웃었다. 어릴 적 들었던 아버지의 노랫소리가 귓속에서 울려 퍼졌다.

유키코는 유치원에 들어갔을 때부터 자기 방에서 혼자 자기 시작했다. 서양에서는 당연한 일이며, 아이의 자립심 발달 효과가 있다는 어머니의 교육 방침 때문이었다. 처음에는 무서워서 잠이 오지 않았다. 어둠 속에서 울고 있으면, 아버지가 일손을 멈추고 들어와 재워주었다.

자장가 대신 불러준 동요 중에서도 「탱자꽃」이 특히 기억에 남았다.

"「탱자꽃」은 작곡가인 야마다 고사쿠의 추억을 노랫말에 담은 곡이라고 해요. 소년 시절에 활판공장에서 일했던 야마다 고사쿠는 일하다 힘들 때마다 탱자꽃 옆에서 눈물을 흘렸다고 자서전에 적혀 있어요……. 슬프고도 아름다운 노랫말이죠."

포장이 끝난 뒤에도 점원은 계속 설명을 이어갔다. 책 이야기를 하는 걸 좋아하는 모양이다. 유키코의 시선을 느꼈는지 쑥스러운 미소를 지으며 책이 든 봉투를 건넸다.

"아버님은 이 책에 특별한 추억이 있으신가요?"

"네?"

유키코는 생각지도 못한 말에 되물었다.

"하쿠슈의 동요집은 여러 종류가 출판되어 있어요. 지금도 서점에서 판매하고 있고요. 즐겨 읽으시던 책이라 선물로 고르셨나 해서요."

"글쎄요. 저도 거기까지는 모르겠네요."

그러고 보니 마음에 걸리는 일이 있었다. 이 책을 주문한 날, 한번 보고 싶어서 아버지의 서재를 뒤졌는데, 책은 어디에도 없었다.

"지금은 가지고 있지 않으신 것 같아요. 옛날에는 자주 읽으셨을지도 모르죠."

"그런가요……."

점원은 주먹을 입술에 대고 생각에 잠겼다.

"그게 왜요?"

"별건 아니지만……."

점원은 말을 흐리더니 뒤에 있는 책 더미에서 문고본 한 권을 꺼냈다. 신초문고의 『탱자꽃 ‒ 기타하라 하쿠슈 동요집‒』. 요다 준이치 엮음. 방금 포장한 책과 제목은 같았지만, 그 책은 띠지만 있고 커버가 없었다. 그리고 훨씬 낡았다.

"하쿠슈의 동요집 『탱자꽃』은 2차대전 전에도 신초문고에서 출간되었지만, 요다 준이치가 편집에 참여한 판본이 간행된 건 1957년…… 그 초판이 이 책이에요."

"제가 산 책하고 디자인이 다르네요."

"구입하신 책은 1993년에 복간된 제10판이에요. 그때 장정이 바뀌었어요. 내용은 거의 같지만, 고서를 구하시는 분들은 판본의 차이에 민감하신 분들이 많으시거든요."

처음에 이곳에 왔을 때 일부러 표지를 확인해보라던 이유를 알 것 같았다. 내용은 같아도 장정에 차이가 있기 때문이다.

"저희는 신구판 『탱자꽃』 재고를 보유하고 있어서, 인터넷 사이트에는 양쪽 모두 표지 사진과 같이 올려두었어요. 이 책을 좋아하시는 연배의 분이라면, 보통 본인이 즐겨 읽었던 구판을 선택하실 것 같아서요……. 왜 신판을 구입하셨는지 조금 궁금해서요."

"이유는 저도 잘 모르겠네요……. 아무튼 표지를 보고 이 책을 사라고 하셨어요."

또렷한 발음은 아니었지만 잘못 들었을 리가 없었다. 아버지의 병실에 태블릿을 가져가 고서 통판 사이트에서 '탱자꽃', '하쿠슈'로 검색했다. 아버지는 제일 처음에 표시된 책을 가리켰고, 유키코는 몇 번이나 이 책이 맞는지 확인했다.

"아버님이 왜 이 책인지 이유를 말씀하지 않으셨나요?"

"뇌졸중으로 입원 중이세요. 의식은 회복했지만, 아직 말을 잘 못하세요."

사실을 담담히 설명했을 뿐인데, 점원은 미안한 생각이 들 정도로 낯빛을 바꾸며 대답했다.

"죄송합니다. 개인적인 사정을 여쭤서……."

대화가 끊기자 불편한 침묵이 흘렀다. 볼일은 이미 끝났다. 슬슬 나가야 할 때라 생각했지만, 유키코 역시 이 책을 선물하는 이유가 무엇인지 마음에 걸리던 참이었다. 삼촌과 만나기 전에 조금이라도 정보가 필요했다.

"만일 애착이 없다면, 이 책을 선물로 고를 이유는 뭘까요?"

"음……."

아까보다 오래 생각한 끝에 점원은 고개를 들었다.

"예를 들면 아버님이 아니라 받으시는 분이 이 동요집에 애착이 있는 경우."

그녀는 집게손가락으로 낡은 『탱자꽃』 표지를 어루만졌다. 유키코는 그럴 리 없다고 생각했다. 삼촌이 어린이 동요를 부르는 모습은 상상도 가지 않았다.

"하지만 그 경우에도 신판을 선택하신 건 여전히 위화감이 들어요. 어쩌면 『탱자꽃』이라는 책 자체보다, 책을 선물하는 행위에 어떤 의미가 담긴 건지도 모르죠……. 이를테면 책을 선물함으로써, 삼촌 분께 어떤 메시지가 전해지는……."

그쪽이 차라리 납득이 갔다. 그렇다고 해도, 왜 일부러 책을 이용해 메시지를 보내는 건지 이해할 수가 없었다. 유키코에게 전해달라고 하면 될 일이다.

"삼촌 분이 이 근처에 사시나요?"

"즈시에요."

유키코는 그렇게 대답했다.

"환갑이 지난 나이인데, 최근에 아이가 태어났대요. 출산 축하 선물을 전달하러 가는 길이에요."

처음 본 상대에게 사적인 이야기를 하고 있다는 건 스

스로도 자각하고 있었다. 삼촌과 마주해야 하는 마음의
짐을 조금이라도 덜고 싶었던 건지도 모른다. 이 점원이
앞으로 다시 볼 일 없는, 생판 남이라는 점도 안도감을
주었다. 불현듯 아이가 태어난 일과 이 동요집을 선물하
는 것 사이에 뭔가 관계가 있지 않을까 하는 생각이 들었
다. 동요는 아이에게 들려주는 것이니까.

"저기······."

점원이 조심스레 말문을 열었다.

"혹시 그 삼촌 분 성함이 사카구치 씨인가요? 사카구
치 마사시 씨."

유키코는 숨을 삼켰다. 남의 입을 통해 듣고 싶지 않은
이름이었다. 전과자인 삼촌의 존재가 좋은 쪽으로 작용
한 적은 한 번도 없었다.

"삼촌을 아세요?"

"저희 가게에 부인 분과 자주 오세요. 다이스케······
아, 남편과 저도 가깝게 지내고 있고요······."

얼어붙은 분위기를 알아챘는지 점원은 입을 다물었다.
유키코가 알고 싶은 건, 사카구치 마사시에 대해 어디까
지 알고 있는가였다. 전과가 있다는 것뿐 아니라, 교도
소에서 출소한 뒤 왜 히라오 집안과 인연을 끊었는지.

삼촌은 이 사람들에게 이야기한 걸까?

만일 다 알고도 친하게 지내는 거라면, 이 점원도 믿을 수 없다. 떨리는 손으로 지갑에서 천 엔짜리 지폐와 동전을 카운터에 올려놓은 뒤, 몸을 돌려 걸음을 옮겼다.

유리문에 손을 올린 순간, 힘도 주지 않았는데 문이 소리를 내며 저절로 열렸다. 유키코는 움찔하며 걸음을 멈췄다. 앞치마를 두른 젊은 남자가 문턱을 사이에 두고 서 있었다. 올려다봐야할 정도로 큰 키에, 체격도 다부졌다.

"시오리코 씨, 다녀왔습…… 아, 감사합니다."

남자는 가게를 나가려는 유키코를 보고 인사하며 길을 터줬다. 약지에 카운터에 있는 점원의 손가락에 끼워진 반지와 같은 결혼반지가 빛나고 있었다. 분명 점원의 남편이다.

'남편과 저도 가깝게 지내고 있고요.'

이 청년도 사카구치 마사시와 친분이 있다는 뜻이다. 말없이 밖으로 나가 돌아보지 않고 걸어갔다. 쫓아오는 사람은 없었다.

이 연결고리가 정말 우연일까? 그런 의심이 머릿속에 달라붙어 있었지만, 기타가마쿠라 역 개찰구까지 왔을 즈음에는 기분도 가라앉아 있었다.

냉정히 생각해 보면 뭔가 음모가 있을 리 없다. 『탱자꽃』 재고를 보유한 고서점은 이곳 말고도 많았다. 저 가게를 택한 건 유키코 본인이었다. 기타가마쿠라는 즈시에서 멀지 않고, 바로 역 앞에 있어서 찾기도 쉽다. 고서를 좋아하는 사람이라면 자주 드나드는 것도 당연지사다.

물론 삼촌이 고서점의 단골이 될 정도로 독서가라는 사실이 더욱 놀라웠다. 유키코는 아득한 기억 속 사카구치 마사시의 모습을 떠올렸다. 키가 크고 갸름한 얼굴에 눈꼬리에 큰 흉터가 있다. 은행 강도 사건 때 다친 상처라고 했다. 사람들을 위압하는, 다가가기 힘든 분위기였지만, 잘 생각해 보면 흉터를 제외하고는 성실해 보이는 외모였다.

은행원이나 공무원, 아니면 교사라고 해도 통할 것 같다. 책을 좋아한다고 해도 딱히 이상할 건 없었다. 그러고 보니 이렇게 화창한 일요일에, 집 베란다에 앉아서 낡은 문고본을 읽던 모습을 본 적도 있었다.

혹시 그 책이 하쿠슈의 동요집이었을까?

유키코가 어렸을 때, 사카구치 마사시는 몇 달쯤 히라오 가에서 살았었다. 형기를 마치고 반 년도 지나지 않았을 무렵이었다.

숙식을 제공하던 식당에서 일하다, 가게가 문을 닫자 갈 곳이 없어져서 집으로 들어온 것이라는 이야기를 나중에 들었다. 유치원 입학식이 끝난 뒤에 들어와서, 수영장이 개장할 무렵에는 이미 사라지고 없었다. 길어봤자 세 달이었을 것이다.

삼촌은 거의 누구와도 말하지 않았고, 낮에는 거의 집에 없었다. 일용직 아르바이트나 구직 활동을 하러 외출하는 날이 많아서, 식사도 보통 밖에서 하고 들어왔다.

가끔 근처 슈퍼나 빨래방에 가기도 했지만, 동네에 소문이 돈 모양이었다. 이웃 어른들에게 에워싸인 어머니가 질문 공세에 시달리던 모습을 자주 보았다.

유키코가 정원에서 놀고 있으면, 이웃집 아주머니가 찾아와 삼촌에 대해 끈질기게 물어댔던 적도 있었다. 아마 어머니는 이웃들의 표적이 되었으리라. 삼촌이 외출한 동안에 부모님이 작은 소리로 상의를 하던 모습도 보았다.

날선 분위기 속에서 모두가 불편한 마음으로 생활했다.

유키코는 가급적 삼촌을 피했다. 삼촌이 담배를 피러 방 앞을 지나 베란다로 갈 때에는, 문을 닫고 지나갈 때까지 기다렸다. 사람의 형태를 한 커다란 그림자처럼 꺼림칙한 존재였다.

"삼촌은 언제까지 우리 집에 있어?"

참다못해 어머니에게 물어본 적도 있었다.

"조금만 더 참아."

어머니는 여느 때의 나긋한 목소리로 난감한 듯 그 말만 되풀이할 뿐이었다.

삼촌이 나간 날을 유키코는 정확히 기억하지 못한다. 처마 밑에 살던 길고양이가 어느 날 갑자기 사라진 것처럼, 어느샌가 모습이 보이지 않았다. 부모님도 딱히 설명하지 않았고, 유키코도 굳이 묻지 않았다. 친척의 소개로 요코하마의 창고회사에 취직해서 즈시에 자리를 잡았다는 이야기를 들은 건 그로부터 한참 시간이 지나서였다. 당시에는 그저 제 집에 들어온 그림자가 사라졌다는 안도감에 가슴을 쓸어내렸을 뿐이다.

그 후로 삼촌은 히라오 가에 나타나지 않았다. 악필이지만 정중하게 쓴 연하장이 정월에 도착할 때 말고는, 사카구치 마사시의 이름을 보지도 듣지도 못한 채 살았다.

마지막으로 사카구치 마사시와 만난 건 초등학교 4학년 때였다. 후나바시에 사는 고모할머니가 돌아가셨을 때 장례식장에 나타났다. 취직자리를 알아봐준 친척이 그 할머니여서 일부러 지바까지 찾아온 것이다.

제일 끝자리에 자리를 잡고 앉았지만, 아무도 그 옆에

앉으려 하지 않았다. 큰 키 때문인지 주변과의 위화감이 굉장했다. 당시 삼촌은 삼십 대 초반이었을 테지만, 실제 나이보다 훨씬 늙어 보였다.

장례식이 끝나자마자 자리를 뜨려고 하는 삼촌을 붙잡은 건 아버지였다.

"오랜만에 만났는데 이야기나 좀 하다 가지."

그 말에 주변 친척들이 웅성거렸다. 그렇지만 삼촌에게 대놓고 그만 가라는 말을 하는 사람도 없었다. 난감한 표정으로 미간을 찌푸린 어머니도 별다른 말은 하지 않았다.

기다란 테이블 구석에 앉아 있던 삼촌에게 말을 거는 사람은 아버지밖에 없었다. 아버지와 체격은 비슷했지만 전체적인 분위기는 확연히 달랐다. 아버지의 이리 오라는 손짓에 유키코는 마지못해 두 사람에게 다가갔다.

"삼촌에게 인사드려야지."

아버지의 닦달에 꾸벅 인사를 했다.

"안녕하세요."

작은 소리밖에 나오지 않았다. 의자에 앉아 있던 삼촌과 눈이 맞았다. 흉터가 남은 눈꼬리가 가늘어졌다.

"오랜만이네. 많이 컸어."

생각지도 못한 살가운 인사에 유키코는 잠시 당황했

다. 옛날부터 예뻐하던 조카를 대하는 듯한 태도였다. 뭔가 기분이 나빠서 서둘러 어머니 쪽으로 돌아왔다. 다른 사람들 눈에도 상태가 이상해 보였는지 괜찮니, 하고 다들 걱정스레 물었다.

그날 밤, 사카구치 마사시는 히라오 가에 묵었다. 늦었으니 자고 가라고 아버지가 붙잡은 것이다. 그 구실로 조금 더 이야기를 나누고 싶었던 건지도 모른다. 평소에 식당으로 쓰는 거실에서 형제는 늦게까지 술자리를 가졌다.

삼촌은 거의 듣기만 하고, 아버지가 일방적으로 이야기했다. 학교에서 학생들을 위해 해온 일들이나, 앞으로 하고자 하는 일들. 그렇게 유창하게 말하는 아버지의 모습은 처음 봤다.

자랑스럽게 말하는 것 같았지만, 어딘지 모르게 상대에게 어리광을 피우는 것 같기도 했다. 어쩌면 아버지는 젊었을 적부터 삼촌과 더 자주 만나고 싶었던 건지도 모른다. 만일 이날 밤 아무 일도 일어나지 않았다면, 형제 간의 왕래가 시작되었을지도 모른다.

"좋은 사람이 생기면 너도 얼른 가정을 꾸려야지."

밤이 깊어갈 무렵, 아버지는 삼촌에게 그런 이야기를 했다.

때마침 유키코는 부엌에서 어머니를 도와 뒷정리를 하

던 중이었다. 모녀는 서로 얼굴을 마주봤다. 삼촌이 결혼이라니, 상상도 가지 않았다. 어머니는 떫은 표정을 지었고, 유키코는 안간힘을 쓰며 웃음을 참았다.

"결혼해서 자식을 낳으면 어떤 남자라도 달라지기 마련이다. 한 가족의 가장으로서의 책임을 지고, 진짜 사내가 되어가는 거지."

그야말로 아버지 세대다운 사고방식이었지만, 당시에는 딱히 이상하게 여기지 않았다. 그냥 어려운 말씀을 하시는구나 하고 흘려들었을 뿐이었다.

어른이 된 지금은 그런 책임을 견디지 못하는 남자도 있다는 걸 안다. 불륜으로 이혼한 남편은 양육비도 제대로 주지 않았다. 나라시노의 친정에서 부모와 동거하며 힘들게 아이들을 키우고 있었다.

헤어진 남편은 차가운 사람이 아니었다. 심약했지만 사교적이었고, 주위에 잘 휩쓸리는 성격이었다. 결혼 적령기라는 이유로 사귀던 유키코와 결혼했고, 가정을 꾸렸으니 당연한 수순이라 여기고 막연히 아이를 가졌으며, 분위기에 휩쓸려 다른 여자와 불륜을 저질렀다. 이혼했을 때에도 양육비를 반드시 보내겠다고 눈물로 약속했지만, 결국 금방 자취를 감췄다.

아버지의 일방적인 결혼관을 당시 삼촌이 어떻게 받아

들였는지는 모른다. 훗날 결혼한 숙모와는 아직 만나기 전이었다.

"……그러면 좋겠지만요."

삼촌은 남의 일처럼 그렇게 대답했을 뿐이었다.

그날 밤, 유키코는 좀처럼 잠이 오지 않았다. 한 지붕 아래 삼촌이 있다고 생각하니 왠지 진정이 되지 않았다. 몇 번이고 뒤척거린 끝에 한밤중에서야 겨우 눈을 붙였다.

유키코는 꿈을 꾸었다.

해질녘 무렵에 집에 있는데, 사람 형태의 그림자가 현관으로 슥 들어왔다. 유키코를 찾는 것 같았다. 부모님을 부르며 도망쳤지만 도와주는 사람은 아무도 없었다. 발소리는 차츰 가까워졌다. 마지막으로 들어간 제 방 구석에서 몸을 웅크렸다. 이내 커다랗고 차가운 손이 유키코의 어깨에 닿았다.

눈을 뜬 건 그때였다. 컴컴한 방 침대에서 유키코는 벽을 본 채 몸을 둥글게 말고 있었다.

갑자기 방에서 이상한 냄새가 난다는 사실을 깨달았다. 술과 담배 냄새였다. 커다란 손이 이불 너머로 어깨 언저리를 쓸고 있었다.

'누가 있어.'

용기를 쥐어짜 돌아보니 커다랗고 검은 그림자가 바로 눈앞에 있었다. 그 굵은 숨소리를 똑똑히 들었다.

크게 비명을 질렀던 것 같다.

정신을 차려보니 불이 켜져 있었다. 어머니의 품에 꼭 안겨 있었다. 형광등 밑에 잠옷차림의 아버지와 삼촌이 마주보고 있었다.

아버지는 여기서 뭘 하고 있었느냐고 따져 물었다. 방에 들어와 몸에 손을 댄 게 삼촌이었다는 사실을 그제야 이해했다. 온몸이 덜덜 떨리며 눈물이 났다.

"잠이 안 와서 베란다에 담배를 피우러 갔는데…… 들어오는 길에 방 앞을 지나치는데 유키코 목소리가 들려서요."

삼촌은 파랗게 질린 얼굴로 담담하게 설명했다. 유키코, 라고 이름을 불렀을 때 왠지 소름이 돋았다.

"아이가 악몽을 꾸는 것 같아서, 걱정이 돼서 안에 들어가 살펴보려고 한 겁니다."

순서대로 이야기하려는 건 유키코도 알 수 있었다. 하지만 준비된 문장을 읽는 것 같은 느낌에 오히려 수상하게 들렸다.

"왜 여자애 방에 마음대로 들어간 거죠? 걱정이 될 정도의 상황이었으면 먼저 저희를 불렀어야죠. 왜 애 몸에 손을 대요."

삼촌은 처음으로 말문이 막힌 것 같았다. 뭔가 켕기는 구석이 있어서, 더는 변명하지 못하는 것처럼 보였다. 그래도 뭔가 결심한 듯 말문을 열려던 때, 어머니의 목소리가 울려 퍼졌다.

"이 집에서 나가요! 다시는 우리 가족 앞에 나타나지 말아요!"

그날 밤을 계기로 히라오 가족은 사카구치 마사시와 모든 관계를 끊었다.

부모님, 특히 어머니는 지금도 삼촌이 유키코에게 몹쓸 짓을 하려던 거라고 굳게 믿고 있었다. 이의를 제기하려는 건 아니지만, 유키코는 왠지 모를 위화감을 느꼈다.

딱히 삼촌을 착한 사람이라 믿었던 건 아니다. 죄를 저질러 교도소에 들어갔던 사람이다. 하지만 삼촌이 저지른 죄는 은행 강도지 아동 성추행이 아니었다.

만에 하나, 그런 성적 취향을 가졌더라도 그런 상황에서 일부러 방에 몰래 들어갈까? 부모님의 침실은 유키코의 방 바로 밑이라 큰 소리를 내면 금방 알아챌 것이다. 실제로 두 사람은 유키코의 비명소리를 듣고 바로 달려왔다. 삼촌은 가족들이 자신을 경계하고 있다는 사실도 잘 알고 있었을 텐데.

하지만 나중에 40대가 된 삼촌이 결혼했다는 소식을 듣고 유키코는 그런 생각을 그만뒀다. 상대는 스무 살쯤 되는 어린 여자라고 했다. 적어도 자기보다 훨씬 어린 여자를 이성으로 볼 수 있는 사람이었던 것이다.

좌우지간 밤중에 허락도 없이 조카의 방에 들어왔고, 그 이유를 제대로 변명조차 못 했던 사실만큼은 분명했다. 벌써 몇 십 년 전 이야기고, 마음에 큰 상처를 입은 것도 아니었다. 얼굴을 마주할 일만 없으면 된다. 유키코는 사카구치 마사시를 이 세상에 존재하지 않는 사람이라 생각하기로 했다.

이번 일만 없었다면 앞으로도 계속 그렇게 생각하며 살았으리라.

즈시 역 개찰구를 나온 건 약속 시간보다 훨씬 이른 시간이었다.

관광객들로 북적대는 가마쿠라와 달리 즈시는 역 주변도 조용한 주택가였다. 삼촌 가족이 사는 공동주택은 바다 근처가 아니라 숲이 많은 산 쪽이었다. 유키코는 종종걸음으로 완만한 언덕을 올랐다. 시간대 때문인지 불안해질 정도로 오가는 사람이 없었다. 집집마다 볕이 잘 들고, 마당에 나무들도 무성했다. 살기는 좋은 동네 같았다.

초행길이라 조금 헤맬 줄 알았는데 수첩에 적어놓은 주소에 금방 도착했다.

어디서나 흔히 볼 수 있는 낡은 목조 공동주택이었다. 모르타르 벽에 금이 간 부분은 꼼꼼하게 수리되어 있었고, 철제 펜스와 계단도 새로 칠한 것 같았다. 관리는 제대로 되고 있는 모양이다.

사카구치 가족의 집은 일층 맨 끝집이었다.

예정 시간보다 일찍 방문하는 건 매너 있는 행동이라 할 수 없었지만, 삼촌 상대로 그렇게까지 배려하고 싶지 않았다. 뭣하면 현관에서 출산 선물만 건네고 돌아가도 상관없다.

마음을 다잡고 구식 둥근 초인종을 눌렀다. 반응은 없었다. 아무도 없나. 다시 한 번 눌렀다. 갑자기 안쪽에서 경쾌한 발소리가 들리더니 힘차게 문이 열렸다.

"안녕하세요! 어서 와요!"

동그런 얼굴의 자그마한 여자가 나타났다. 분명 삼촌의 아내, 숙모이다. 젊다기보다는 앳된 얼굴이었지만, 나이는 속일 수 없는지 약간 쳐진 눈가에는 잔주름이 있었다. 유키코와 동년배인 건 틀림없었다. 하얀 티셔츠 위에 브이넥 스웨터와 청바지, 모두 유니클로 제품인 것 같았다. 생각보다 수수한 인상이었다.

"유키코 씨죠? 만나서 반가워요. 사카구치 시노부예요."

시노부는 정중히 고개를 숙였다. 그리고 홱 고개를 들더니 믿기지 않을 만큼 미간을 좁혔다. 갑작스런 변화에 유키코는 웃음을 터뜨릴 뻔했다.

"미안해요! 자기, 가 아니라 남편은 지금 외출 중이에요. 집에 대접할 만한 게 없어서, 가마쿠라의 케이크 가게에 갔는데, 생각보다 시간이 걸릴 것 같다네요. 되도록 빨리 오겠다고 아까 연락이…… 어머."

유키코가 끼어들 새도 없이 떠들던 시노부의 동그란 눈이 더욱 휘둥그레졌다. 시선이 둘 사이를 분주하게 오갔다.

"……우리 옷, 비슷하네요."

그걸 굳이 말하다니. 유키코는 그렇게 생각했다. 유키코 역시 시노부와 비슷한 차림새였다. 다른 점이라고는 코트의 유무일까.

애 키우는 엄마 중에 옷을 고르는 데 시간과 돈을 들일 수 있는 사람이 얼마나 될까. 어린이집이나 슈퍼에서 아이 엄마끼리 만났을 때 옷이 겹치는 경우는 드물지 않지만, 설마 그 이야기를 꺼낼 줄이야.

"아, 좋아할 일도 아니네요. 미안해요, 쓸데없는 소리만 해서."

그때 갓난아이의 울음소리가 울려 퍼졌다. 남자아이다운 우렁찬 목소리였다.

"애가 우네. 일단 들어오세요."

시노부는 집 안쪽으로 달려갔다. 남겨진 유키코는 하는 수 없이 신발을 벗었다. 문을 연 뒤로 아직 한 마디도 하지 않았다. 술집 마담이라고 들었는데, 이렇게 남의 이야기를 안 들어도 괜찮은 걸까?

현관으로 올라가서 바로 나오는 공간은 주방 겸 식당이었다.

거실로 쓰는 듯한 다다미방에 들어갔다. 값비싼 가구는 없었지만, 어딜 봐도 깔끔하게 정리되어 있었고, 바닥에는 머리카락 한 올 없었다. 유키코가 온다고 해서 대청소를 한 모양이다. 손님맞이라 해도 이렇게까지 치우려면 힘들었을 텐데.

손님용 방석에 앉은 유키코는 문득 벽 쪽의 작은 책장을 보았다. 권수는 많지 않았지만, 다양한 장르의 책이 꽂혀 있었다.

요리책이나 가정의학 실용서 사이에『논리학입문』이라는 어려워 보이는 낡은 문고본,『체브라시카와 친구들』이라는 아동도서도 있었다.『몽글 몽글 몽글』과『과일』이라는 제목의 동화책도 눈에 띄었다. 유키코도 아이들에게 읽어준 적이 있는 책이었다. 아들을 위해 최근에 샀거나, 선물로 받은 것이 틀림없었다.

하지만 기타하라 하쿠슈의 책은 한 권도 없었다. 보기에 삼촌은 평소에 『탱자꽃』을 애독하는 것 같지는 않았다.

'책을 선물하는 행위에 어떤 의미가 담긴 건지도 모른다.'

비블리아 고서당의 점원이 했던 말이 뇌리를 스치고 지나갔다. 지금 유키코가 가져온 『탱자꽃』을 보면 삼촌은 뭔가 알아챌까?

'……어?'

유키코는 책장 쪽으로 몸을 내밀었다. 책등 앞에 뭔가가 놓여 있었다. 손 안에 들어가는 작은 망원경과 알이 큰 선글라스. 삼촌의 물건 같았는데, 모양이 특이했다.

"오래 기다리셨죠. 늘 누가 안고 있지 않으면 자꾸 울음을 터뜨려서……."

시노부가 파란 옷을 입은 갓난아이를 안고 돌아왔다. 엄마를 닮아 동그랗고 통통한 얼굴에 두 눈이 땡그란 아이였다. 자그마한 혓바닥을 이리저리 움직이며 유키코 쪽을 신기한 듯 올려다보고 있었다.

"어머, 귀여워라……. 안녕?"

빈말은 아니었다. 요즘 다른 집 아기들이 귀엽게 느껴졌다. 자신의 아이들도 물론 소중히 키워왔고, 아이들은 모두 귀엽다고 생각한다.

하지만 낳고 나서 한동안은 아이를 돌보는 데 여념이
없어서, 찬찬히 동작이나 생김새를 살펴볼 여유가 없었
다. 우리 아이도 이랬을 텐데, 하는 아쉬움이 마음 한구
석에 있었다. 이 사랑스러움은 사진이나 동영상으로는
온전히 전해지지 않으니까.

"몇 개월이에요?"

"곧 4개월이에요. 최근에 겨우 고개를 가누기 시작했
어요……. 아, 일단 차 내어올게요. 같이 내놓을 게 없어
서 죄송하지만."

아이를 안은 채 시노부는 바닥을 짚고 일어나려 했다.
겉보기에도 힘들어 보였다.

"괜찮으시면 제가 안고 있을게요."

말해놓고도 놀랐다. 아까까지 오래 있을 생각은 전혀
없었는데, 이렇게 어머니와 갓난아이를 보니 자연스레
과거의 제 모습이 떠올랐다.

"그럼 잠깐만 부탁드릴게요. 애가 좀 무겁지만."

아이를 받아 무릎에 뉘였다. 기분 좋은, 따뜻하고 포동
포동한 감촉이었다. 무겁지는 않았다. 오히려 놀라우리
만치 가벼웠다. 이제 성장이 시작되었다는 사실을 시노
부도 앞으로 실감하리라. 과거 유키코가 그랬듯이.

유키코에게 이 아이는 손아래 사촌동생이 된다. 생후 4개월의 사촌동생은 뭔가에 흥분해 팔다리를 버둥거리고 있었다.

아이의 시선은 창문에 고정되어 있었다. 창문 너머로 툇마루와 작은 마당이 있었고, 가시 돋친 가느다란 나뭇가지가 흔들리고 있었다. 아직 똑바로 보이지는 않을 테지만, 빛깔 정도는 알지도 모른다. 나뭇가지에는 선연한 금색 열매가 피어나 있었다.

탱자였다.

가을엔 탱자가 열린단다.
동그란 동그란 금빛 알이.

탱자나무 옆에서 웃었어요.
모두가 다정했어요.

어느샌가 가냘픈 노랫소리가 유키코의 입술 사이로 새어나오고 있었다. 아버지가 불러주던 「탱자꽃」의 노랫말이었다. 순간 자그마한 손이 유키코의 손을 꼭 쥐었다. 동요가 마음에 들었는지, 아이는 방실방실 웃고 있었다. 유키코도 덩달아 웃었다.

이 아이는 제대로 보살핌을 받으며, 애정 어린 손길에 키워지고 있다. 삼촌은 이 집에서 가족과 평온하게 살고 있는 것 같았다.

주방에서 차를 끓이는 시노부의 뒷모습이 보였다. 어린 아이를 양육하는 것뿐 아니라, 남편의 손님까지 성심껏 대접하는 그녀는 사카구치 마사시라는 사람을 어디까지 알고 있을까.

시노부는 차 주전자와 찻잔이 든 쟁반을 가지고 돌아왔다.

"기다리셨죠. 어머, 기분이 좋니? 돌봐주셔서 고마워요."

유키코의 찻잔에 차를 따른 뒤 정중히 감사 인사를 하며 아들을 안아 들었다.

"아버님 용태는 좀 어떠세요? 아직 입원 중이시라고 들었는데."

"네. 다행히 생명에 지장은 없어서……."

현 상태를 간략하게 설명하며 유키코는 갑갑함을 느낄 수밖에 없었다. 문병을 오겠다는 삼촌의 연락을 거절했기 때문이었다. 맞장구를 치며 듣던 시노부도 유키코의 속내를 헤아렸는지, 이야기가 끝나자 화제를 돌렸다.

"유키코 씨도 아이가 있죠?"

"네. 큰애와 둘째는 초등학생이고, 막내가 이제 어린이 집에 들어갔어요."

첫째는 아들이고, 밑으로 둘은 딸이었다. 이혼했을 때 막내는 아직 뱃속에 있었다. 심신 모두 피폐했던 탓인지, 당시 일은 거의 기억에 남아 있지 않았다.

"그럼 저보다 훨씬 선배네요. 얼마나 힘들었을까요. 저는 이 아이 하나 돌보는 것도 힘에 부치는데."

시노부는 진심으로 감탄하는 눈치였다. 다른 사람이 다른 방식으로 이런 이야기를 했다면 분명 반발했으리라. 명랑한 말투와 행동 때문에 처음에는 알아채지 못했지만, 환한 실내에서 보니 낯빛도 좋지 않았고, 눈 주변도 퀭했다.

아이를 돌보느라 거의 잠을 자지 못하는 모양이다. 그러고 보니 아까 초인종을 눌렀을 때도 한참 지나서야 나왔다. 방 청소와 손님 대접 준비를 마치고 잠깐 졸았던 게 아닐까?

"저 혼자 키운 것도 아니었어요. 제일 힘든 시기에는 부모님이 도와주셨고……. 이혼하고 친정에서 같이 살았거든요."

이혼이라는 말을 듣고도 시노부는 놀라는 기색이 없었다. 그 역시 삼촌에게 들은 모양이었다.

"그런 힘든 시기에 이혼이라니 얼마나 힘들었겠어요.

아무리 부모님이 도와주셔도, 일하면서 육아라니…… 보통 일이 아니죠."

순간 시노부의 얼굴에 어두운 그림자가 비쳤다. 이미 삼촌은 정년퇴직을 했을 나이다. 앞으로 일해서 생계를 책임질 사람은 그녀였다.

"삼촌과 결혼한 지 오래되셨죠?"

시노부는 눈을 들어 소리 없이 숫자를 셌다.

"곧 20년이네요……. 제가 억지로 밀어붙여서 결혼했거든요. 그 사람, 제가 아무리 괜찮다고 해도 결심을 하지 못해서. 이런 표정만 짓고."

갑자기 입을 앙다물더니 눈을 가늘게 떴다. 유키코의 기억에 남은 삼촌의 얼굴과 생각보다 비슷했다.

"'나는 나이도 많고 벌이도 시원치 않아. 당신과 결혼해도 앞으로 언젠가는 한 가족의 가장으로서의 책임을 다하지 못하는 날이 올 거야.'라고. 지금도 똑똑히 기억해요."

유키코는 가슴이 에였다. 마지막으로 삼촌이 나라시노의 집에 온 날, 아버지가 했던 설교 내용 그대로였다. 그런 이야기를 삼촌이 기억하고 있었을 줄이야.

"음, 그때 이미 나이든 아저씨였으니 진지하게 그런 생각을 하는 것도 무리는 아니었지만, 나는 왜 책임을 혼자

지려고 하냐고 했어요. 함께 있는 사람이 저마다 할 수 있는 일을 하면 된다고. 가족은 그런 거라고.”

돌연 유키코의 뇌리를 스쳐지나간 건 헤어진 전남편의 손이었다. 남자 손 같지 않게 가녀리고 작은 손은 놀라우리만치 야무지게 움직였다. 그 손을 얼굴보다 선명히 기억하고 있었다.

첫 아이가 태어나고부터 남편은 가장으로 회사 일에 전념했고, 유키코가 육아를 전담하는 분위기가 되었다. 만일 남편의 수입에만 의존하지 않고, 유키코가 경제활동을 했다면 그 야무진 손으로 신나게 육아와 집안일을 했을까?

아니, 꼭 그랬으리라는 법은 없다. 육아와 집안일에도 책임은 따른다. 분위기에 휩쓸리기 쉬운 남편의 성격상, 그 일로부터도 또 도피했을 가능성은 있었다.

“지금은 일도 안 하고 놀고 있다고, 자진해서 이것저것 하더라고요. 아이도 돌보고, 청소나 빨래도 하고……. 아기 재우는 거나 씻기는 건 나보다 잘해요. 뭐, 어려운 점도 많겠지만. 여기가 안 좋거든요.”

시노부는 자신의 눈을 가리키며 말했다. 유키코는 복잡한 기분이었다. 삼촌은 자신의 전 남편보다 제 나름의 책임을 다하려는 것 같았다. 불현듯 고개를 들었다. 다른 생각을 하느라 흘려들을 뻔했다.

"……삼촌이 눈이 안 좋아요?"

시노부는 놀란 듯 입을 벌렸다. 한동안 그 상태로 움직이지 않더니, 이내 혼자서 납득했는지 말문을 열었다.

"아, 그렇구나. 계속 왕래가 없었으니 모르겠네요. 작년 즈음부터 시력이 떨어졌어요. 오른쪽 눈에 상처가 있잖아요. 눈에 띄지는 않지만 왼쪽 눈도 똑같이 다쳐서, 그 후유증이 최근에야 나타난 모양인데……. 아, 상처는 예전에 은행 강도로 체포됐을 때 차에 부딪혀서……."

아이를 안은 어머니의 입에서 은행 강도라는 단어가 아무렇지도 않게 나오는 게 신기했다. 그러면 책장에 놓인 선글라스와 망원경 같은 물건들은 시력을 보완하기 위해 쓰는 도구인 게 틀림없다.

"그랬군요……."

힘드시겠네요, 라는 위로의 말까지는 나오지 않았다. 범죄행위 때문에 다친 셈이니 말이다.

이야기를 이어나갈 화제가 없어서 유키코는 홍차를 한 모금 마셨다. 문득 창문 너머에서 흔들리는 탱자 열매에 시선을 주었다.

"마당의 탱자나무, 꽤 크죠?"

시노부가 말했다.

"이 집에 처음 이사 왔을 때 남편이 심었어요. 저는 먹을 수 있는 열매가 열리는 나무가 낫지 않을까 했는데……. 그런 노래가 있잖아요. '탱자꽃이 피었어요'라는. 남편은 그 노래를 옛날부터 좋아했나봐요."

시노부의 노랫소리는 놀라우리만치 아름다웠다. 갑자기 이야기에 활기가 돌았다. 역시 아버지가 이 책을 선물로 고른 데는 이유가 있었다.

"삼촌이 기타하라 하쿠슈의 동요집을 읽으시나요? 『탱자꽃』을 지은……."

"……기타하라 하쿠슈……."

시노부는 곱씹듯 그 이름을 되뇌었다.

"유명한 사람이죠? 저하고 결혼한 뒤에는 읽은 적 없는 것 같은데. 그전에는 어떤지 모르겠지만. 동요집이 있군요……. 그건 왜요?"

어디까지 이야기해야 할지 망설였지만, 아버지가 함구령을 내린 것도 아니었다. 굳이 부인에게까지 감출 이유도 떠오르지 않았다.

"아버지에게 부탁받은 게 있어서요."

먼저 가방에서 축의금 봉투를 꺼내 시노부에게 내밀었다.

"늦어서 죄송합니다. 출산 축하드려요."

어머, 아니에요, 일부러 감사합니다, 하고 시노부는 황송해하며 감사 인사를 한 뒤 연신 고개를 숙였다. 정말 감격했는지 눈가에 눈물이 맺혀 있었다. 유키코는 이어서 비블리아 고서당에서 구입한 책을 꺼냈다. 여기서부터가 본론이었다.

"삼촌에게 전해달라는 물건이 하나 더 있어요. 『탱자꽃』이라는 기타하라 하쿠슈의 동요집인데……."

시노부는 고개를 비스듬히 기울였다. 짐작 가는 게 없는 눈치였다.

"어째서 아버지가 이 책을 삼촌에게 선물하려 했는지 궁금해서요. 뭔가 짚이는 게 없으세요?"

"저는 책을 잘 몰라서……. 직접 남편에게 물어보면 되지 않을까요……. 그 책, 아버님이 소장하신 책이에요?"

"아뇨, 아버지도 갖고 있지 않은 책이에요. 아까 비블리아 고서당이라는 기타가마쿠라의 고서점에서 사서……."

그 말을 들은 시노부의 표정이 환해졌다. 가깝게 지낸다는 이야기는 사실인 모양이었다.

"시오리코 씨 가게죠. 저흰 거기 사람들하고 친하게 지내요. 젊은 여사장이 있었죠? 그 사람이 시노카와 시오리코 씨에요. 조금 특이하지만, 책에 관한 건 뭐든지 아는 사람이죠."

유키코에게 책을 판, 안경을 쓴 점원이 가게 주인이었

던 모양이다. 아닌 게 아니라 특이하기는 했다. 사람을
대할 때는 쭈뼛거리는 태도였는데, 책 이야기가 나오니
갑자기 유창하게 말을 쏟아냈다. 유키코의 이상한 질문
에도 놀란 기색 없이 대답해주었다.

"왜 비블리아 고서당에서 사셨어요?"

"여기 오는 길에 들르면 되겠다 싶어서……. 두 분하고
가깝게 지낸다는 이야기는 그 시노카와라는 분한테도 들
었어요."

"꽤 많이 이야기하셨나봐요. 시오리코 씨가 이 책에 대
해 뭐라고 하던가요?"

그렇게 말하며 시노부는 앞으로 당겨 앉았다. 사장의
이야기가 중요하다는 투였다.

"그게…… 그 책 자체보다는 책을 선물하는 행위에 뭔
가 의미가 있을지도 모른다고요."

침묵이 흘렀다. 시노부는 뭔가 생각에 잠겨 있었지만,
이내 수면 위로 고개를 내밀듯 숨을 크게 내뱉었다.

"미안해요. 그…… 책을 선물하는 행위? 그게 무슨 소
리인지 잘 모르겠는데……."

유키코는 애매하게 고개를 끄덕였다. 솔직히 그녀 역
시 제대로 이해하고 있는 건 아니었다.

"하지만 그 책을 선물한 이유는 저도 궁금하네요. 그

책, 제가 좀 봐도 될까요?"

"네?"

유키코는 놀라서 되물었다. 삼촌에게 선물한 책을 먼저 뜯어보라 해도 될까?

"아마 자기…… 남편은 신경 안 쓸 거예요. 그 사람이 책을 읽고 싶을 때는 늘 내가 읽어주거든요. 결국 내가 읽게 될 테니까."

제3자가 왈가왈부할 일이 아닌 것 같았다. 말없이 포장된 문고본을 건네자, 시노부는 소리 없이 정중히 포장을 벗겼다.

"남편하고 결혼할 때 서로 가족 이야기를 했는데."

눈을 내리깐 채 시노부는 말을 이었다.

"그 사람 어머니, 이혼하고 얼마 안 있어서 돌아가셨대요. 그 후에는 먼 친척네 집에서 컸는데, 고생이 많았던 모양이에요……. 오랫동안 못 만난 형님이 계신다는 건 들었지만, 자세한 이야기는 안 했고, 저도 안 물어봤어요. 그때는 저도 부모님과 소원했던 시절이라, 그런 사람들끼리 잘 만났다 싶어서."

아이의 눈이 어머니의 손을 좇고 있었다. 잠이 오는지 금방이라도 눈꺼풀이 감길 것 같았다.

"그 사람이 본가와 왕래가 끊긴 이유를 이제는 알아요.

어쩔 수 없죠. 죗값을 치렀다 해도 가까이 지내기 싫을 수 있죠. 가족이 그런 사건을 일으킨 탓에 분명 이런저런 이야기도 들었을 테고요. 하지만 절대 나쁜 사람이 아니에요. 생긴 건 좀 무섭지만, 정말 다정한 사람이랍니다. 어릴 때부터 힘든 일, 슬픈 일을 연이어 겪으면서, 아무에게도 말하지 않고 혼자 다 끌어안고……."

가슴이 욱신거렸다. 이 사람은 진심으로 삼촌을 사랑하는 것이다. 그리고 히라오 가족과 인연을 끊은 이유도 모른다. 밤중에 조카의 방에 들어왔다는 사실을.

만일 진상을 이야기하면 분명 이 평온한 생활은 부서지고 말 것이다. 자기처럼 어린 아이를 안고 망연자실해하는 여자가 또 하나 생길지도 모른다.

"예쁜 책이네요."

포장을 벗기고 문고본을 훑어보며 시노부가 말했다.

"아, 「요람의 노래」 알아요. 일전에 텔레비전에서 나왔거든요."

요람의 노래를
카나리아가 부른다.
자장, 자장,
자장.

어머니의 맑은 노랫소리를 들으며 무릎 위의 갓난아기는 꾸벅꾸벅 졸고 있었다. 유키코는 시노부의 옆모습을 뚫어져라 보았다. 앞으로 히라오 가족과의 왕래가 다시 시작되면, 언젠가 이 사람은 진상을 알게 되리라.

그렇다면 차라리 당사자인 유키코가 이야기해버리는 편이 덜 상처받지 않을까?

옛날 일로 이제 와서 사죄나 보상을 요구할 생각은 없다. 최소한 그 이야기만이라도 지금 이 사람에게 전해야 하는 게……

"……이상하네요."

시노부의 목소리에 퍼뜩 정신이 들었다. 고개를 갸웃거리고 있었다.

"뭐가요?"

"여기 좀 봐요."

시노부는 책을 유키코에게 내밀었다. 몸을 내밀어 들여다보자, '탱자꽃' 노랫말이 실린 페이지였다.

탱자나무 옆에서 울었어요.
모두가 다정했어요.

"제가 아는 가사랑 달라요. '탱자나무 옆에서 웃었어

요'였는데."

"정말요?"

유키코의 눈이 휘둥그레졌다.

"저도 어릴 때부터 그 가사로 불렀는데."

생각해 보니 원래 가사를 확인해본 적이 없었다. 오래 전에 아버지가 부르던 걸 그대로 아이들에게도 불러주었다. 시노부는 스마트폰을 꺼내 인터넷에 검색해보고 고개를 들었다.

"……역시 이 책에 실린 가사가 맞는 것 같아요."

기타하라 하쿠슈의 애독자였던 아버지가 이런 실수를 할 리가 없다. 그렇다면 유키코가 어디선가 다른 가사를 외운 걸까?

"하지만 우리는 왜 같은 부분의 가사를 틀리게 부른 거죠."

그 점이 무엇보다 이해가 안 갔다. 틀리기 쉬운 가사도 아닌지라 우연의 일치 같지도 않았다. 떠올릴 수 있는 가능성은, 같은 사람이 잘못된 가사를 가르쳐주었을 경우…….

갑자기 머릿속에 뭔가가 번뜩였다.

"시노부 씨."

유키코는 처음으로 상대의 이름을 불렀다.

"누가 이 노래를 가르쳐줬어요?"

"누가 가르쳐준 건 아니고……. 남편이 자주 부르는 걸

귀동냥으로 듣고……. 그래서 가사를 틀렸나봐요."

예상했던 대답이었다. 유키코는 동요를 감추느라 애를 썼다.

왜 이런 단순한 사실을 지금까지 알아채지 못했을까.

사카구치 마사시가 집으로 돌아온 건 그로부터 30분쯤 지나서였다.

눈에 띄게 늘어난 주름과 희끗희끗한 머리를 제외하고는, 기억 속 삼촌의 모습 그대로였다. 넥타이는 매지 않았지만, 칼라가 각이 잡힌 하얀 와이셔츠에 재킷을 단정하게 입고 있었다. 한 손에 들린 케이크 상자가 없었으면, 출장 나온 공무원이나 은행원 같은 인상이었다.

현관에서 그를 맞이한 건 유키코였다. 아내가 아닌 사람의 마중에 놀랐는지 선글라스 너머의 눈이 휘둥그레졌다.

"오랜만이다……."

형식적인 인사를 건네려 하는 삼촌에게 유키코는 쉿, 하고 말했다.

"시노부 씨하고 아기가 안방에서 자고 있어요."

아들을 재우고 오겠다던 시노부는 돌아오지 않았다. 유키코가 들여다보러 가자, 아들과 함께 새근새근 잠들어 있었다. 아이를 재우는 동안 졸음이 쏟아진 모양이었다.

그 말에 당황해 아내를 깨우려는 삼촌을 유키코는 황급히 말렸다. 이 개월 수의 아이를 키우는 어머니가 얼마나 지치고 피곤한지 너무나도 잘 알기 때문이었다.

케이크 상자를 냉장고에 넣고 삼촌과 함께 툇마루로 나왔다. 잘 익은 탱자의 상큼한 내음이 났다. 삼촌은 유키코에게 조금 떨어진 곳에 자리를 잡고 바른 자세로 정좌했다.

"멀리까지 오느라 고생 많았지."

그리고 한참 어린 조카에게 공손히 고개를 숙였다. 아버지의 병세를 묻기에 간략하게 설명했다. 그리고 출산 축하 인사와 『탱자꽃』 문고본을 건넸다.

"아버지가 전해달라고 부탁하셨어요."

안주머니에서 커다란 돋보기를 꺼내 표지에 들이댔다 떼었다 했다. 오랫동안 들여다본 끝에 간신히 제목은 알아본 모양이었다.

"『탱자꽃』……?"

"기타하라 하쿠슈의 동요집이에요. 이 책을 읽으신 적 있으세요?"

"아니, 처음인데. 기타하라 하쿠슈의…… 노래 몇 곡은 알지만."

삼촌은 조용히 고개를 저었다. 그 역시 예상한 바였다.

아버지는 삼촌의 시력이 나빠졌다는 사실을 모른다. 아마 아버지가 노린 건 삼촌에게 「탱자꽃」 가사를 읽게 하는 것, 그리고 그 자리에 유키코가 있을 것이었다. 때문에 유키코에게 책을 사 들려 일부러 즈시까지 보낸 것이다.

이 동요에 대해, 그리고 모든 진상을 유키코에게 이야기해주길 바란다, 는 것이 아버지가 삼촌에게 보내는 메시지였다. 딱히 이 책이 아니라도 상관없었다. 그저 『탱자꽃』이라는 제목의 책이고, 그 가사가 실려 있기만 하면.

진상을 유키코에게 직접 이야기하지 못한 건, 지금 상태로는 깊은 이야기를 하기 어렵기 때문이리라. 그리고 병원에는 어머니가 있다.

"전 그 노래를 틀린 가사로 외우고 있었어요. '탱자나무 옆에서 웃었어요'라고. 하지만 진짜 가사는 '탱자나무 옆에서 울었어요'였죠. 지금까지 이 노래를 불러준 사람이 아버지라고 생각했어요. 어린이집에 들어갔을 무렵, 혼자서 잠들지 못했던 나를 재우러 온 아버지가 들려준 노래라고……. 하지만 사실은 그게 아니었죠."

유키코는 말을 멈췄다. 삼촌은 말없이 다음 말을 기다리고 있었다.

"날 재우러 방에 왔던 사람은 삼촌이었군요. 아버지가

아니라."

베란다로 담배를 피우러 가는 길에, 삼촌은 유키코의 방 앞을 지나갔다. 조카의 울음소리를 듣고 걱정돼서 들여다봤어도 이상할 건 없다. 아버지와 삼촌은 나이 차이가 꽤 났지만, 체격과 목소리는 비슷했다. 어린 유키코가 어둠 속에서 구별하지 못할 법도 했다.

불현듯 삼촌이 탱자나무 쪽으로 고개를 돌렸다. 그 시선은 금빛 열매에서 미묘하게 비껴나 있었다. 또렷하게 보이지 않는 것 같았다.

"형님 행세를 할 생각은 없었다."

삼촌은 나지막한 목소리로 중얼거렸다. 말투나 목소리에서 딱딱함이 사라져 있었다. 갑자기 가식 없는 본래 모습이 나타난 것 같았다.

"네가 아버지라고 착각하는 것 같아서, 사실대로 이야기하지 않았다. 나인 줄 알면 겁만 먹을 것 같아서……. 아니, 그뿐만은 아니었다. 아빠라는 말이 기뻤어. 아마 평생 그런 말을 들어볼 수 없으리라 생각했으니까……. 널 속여서 미안하다."

머리를 숙이며 다시 사과했다. 진상을 밝히지 않은 이유는 하나 더 있을 터였다. 자신이 정체를 밝히면, 아버지가 딸을 들여다보지 않았다는 사실을 알리는 셈이다.

매일 밤 서재에서 쌓인 일을 하고 있었을 뿐이라는 걸.

"아버지가 기타하라 하쿠슈를 좋아해서, 대충 불러주
신 거군요."

"형님 취향에 맞추긴 했지만, 가사를 틀린 건 아니었
다. 원래 가사도 알고 있었고."

"정말요?"

삼촌은 고개를 끄덕였다.

"이 책은 아니지만, 다른 동요집을 형님에게 빌린 적이
있었어."

베란다에서 책을 읽던 삼촌의 모습이 유키코의 머릿속
을 스치고 지나갔다. 그때 읽던 책이 기타하라 하쿠슈였
는지도 모른다.

"당시에는 '울었어요'라는 가사를 입에 올리기가 왠지
싫었어……. 그래서 마음대로 바꿔 불렀지. 그게 내 안
에 어느샌가 버릇이 된 거야. 나만 아는 가사라고 생각했
는데, 설마 다른 사람이 그렇게 외웠을 줄이야."

입가에 쓴웃음이 번졌다. 분명 그토록 힘겨운 상황이
었을 것이다.

삼촌은 일자리도, 살 곳도 모두 잃고 유키코의 집에서
함께 살게 되었다.

그 시절을 돌이켜보면, 이해가 가지 않는 점이 여럿 있

었다. 왜 지갑 사정도 좋지 않았을 삼촌이 자주 외식을 했는지. 왜 어머니에게 부탁하지 않고 빨래방을 이용했는지.

고모할머니의 장례식 날, 삼촌의 결혼 이야기를 듣던 어머니의 떫은 표정. 장난인 줄 알았지만, 그것이 악의가 아니면 무엇이었을까. 같이 사는 동안 어머니는 안 보이는 데서 삼촌을 괴롭혔던 게 아닐까?

"내 마음대로 바꿔버렸지만, '울었어요'라는 가사 자체는 무척 아름다워. 울었는데 '모두가 다정했어요'……. 누군가의 다정함을 경험했기 때문에, 모두가 다정했다고 생각하기로 했다, 나는 그런 의미일 거라고 해석했지. 나에게 다정했던 사람은 가즈하루 형님이셨어. 정말 잘해주셨지."

"아버지가요?"

무심결에 그런 말이 나왔다. 삼촌은 고개를 끄덕였다.

"갈 곳 없는 나를 잠시나마 거둬주셨어. 일자리를 소개시켜 달라고 후나바시의 고모님께 부탁한 것도 형님이고. 가정을 꾸려야 한다고 나에게 말해준 사람도 형님밖에 없었다. ……이때까지 한시도 잊은 적이 없었어."

아버지는 자신의 동생이 억울하게 덮어쓴 누명을 이때껏 모른 채 해왔다. 삼촌이 유키코를 재웠던 걸 알았다면, 그날 밤도 다른 뜻이 있어 방에 들어간 게 아님을 짐작했을 것이다. 누가 동생의 험담을 해도 감싸주지 않았다. 밤중에 울던 딸을 다독여준 건 동생이었는데, 자신이 그랬던 것처럼 모른 채했다.

분명 그런 건 삼촌도 잘 알고 있으리라. 그저 감사의 마음만을 가슴에 남기리라 결심한 것이다. 모두가 다정했다고.

"아이 이름은 나오하루라 지었다. 직각의 직(直)에 청명의 청(晴)자를 써서 나오하루……형님 이름에서 한 자 따왔지."

아까부터 유키코를 통해 형에게 말하는 것 같았다. 그런데도 전해달라는 말은 한마디도 하지 않았다. 한 번 끊어진 관계가 다시 이어지리라고 기대하지 않는 것이다. 과거에 무슨 일이 있었느냐고 물어도 더는 말해주지 않으리라. 오늘도 유키코가 알아채지 못했다면, 스스로 밝히지도 않았을 것이다.

아버지는 몰라도, 어머니는 삼촌과 다시 엮일 생각이 없었다. 어머니에게는 어머니만의 괴로움과 고민이 있을 테고, 삼촌을 향한 악의에도 유키코가 모르는, 나름의 이유가 있을지도 모른다.

억지로 관계를 맺으려 하면, 분명 누군가의 마음은 다

칠 것이다. 탱자에는 파란 가시가 있다.

하지만 계속 이대로일 거라 생각할 필요도 없다.

'먼저 내가 숙모와 자주 연락해야지.'

유키코는 그렇게 결심했다. 시노부도 분명 찬성할 것이다. 나오하루가 조금 더 크면, 아이들과 함께 만나자. 그런 데서부터 시작하면 된다. 천천히 시간을 들여, 지금까지와는 다른 관계를 맺는 것에 기대를 걸자.

언젠가 하얀 탱자 꽃이 피도록.

그리고 언젠가 금빛 열매가 맺히는 계절이 오도록.

＊

"……대충 정리하면 이런 이야기야."

이야기를 마친 시오리코는 딸의 반응을 지켜봤다. 도비라코는 '탱자꽃' 문고본을 뒤집어 뒤표지와 책등을 확인하고 있었다. 여전히 두 모녀는 비블리아 고서당의 카운터 옆에 앉아 있었다.

"어땠어?"

"……별로야. 잘 모르겠어."

도비라코는 고개도 들지 않고 대답했다. 그렇겠지, 시오리코는 내심 딸의 말에 동의했다. 스스로도 실패했다고 생각했다. 아이에게 할 수 없는 이야기가 생각보다 많았다. 사카구치 마사시의 전과에 대해서조차 말하지 못했으니, 이 책을 둘러싼 이야기의 기본 줄거리도 다 말하지 못한 것이나 다름없었다. 검열되어 복자伏字내용을 밝히지 않으려고 ○, ×따위의 표를 찍음로 가득한 책을 읽은 기분이겠지.

"어쨌든 이야기는 이걸로 끝이야."

억지로 이야기를 마무리하고 자리에서 일어나 딸의 손에 들린 『탱자꽃』을 카운터에 놓았다. 안채 현관으로 향하는 시오리코의 뒤에서 도비라코의 종종걸음 소리가 들렸다.

"그래서 아빠 책은 어디 있어? 다음엔 어디를 찾으면 돼?"

시오리코는 내키지 않는 표정을 지었다. 딸아이는 다이스케의 파란 가죽 커버 책을 찾고 있었다. 다른 책 이야기를 들려주면 잊어버릴 줄 알았는데, 계획대로는 되지 않은 모양이다.

"가게에 없었으니, 다른 데를 찾아보는 거지? 여기 온 건, 주차장에 있는 차 안을 찾아보려고?"

도비라코의 목소리에 활기가 돌았다. 정답이었다. 대하기 어려운 상대였다. 시오리코는 현관 앞에서 돌아보며 하는 수 없이 고개를 끄덕였다.

"……그래."

어제 가게 카운터에 있던 남편은 파란 가죽 커버의 책을 앞치마 왼쪽 주머니에 넣어 두었다. 책을 팔러 온 손님이 와서 접객도 해야 했다.

손님이 가져온 건 대량의 과월호 잡지였다. 1980년대의 서브컬처 잡지가 대부분이었다. 비블리아 고서당에서는 취급하지 않는 서적이었지만, 고서 시장에 내놓으면 나름대로 값을 쳐줄 터였다.

하지만 보관할 장소가 마땅치 않아서 매입한 뒤에 '오후나'에 가져가기로 했다. '오후나'는 물론 기타가마쿠라와 인접한 지역이지만, 이 경우에는 오후나에 있는 다이스케의 어머니 집을 가리켰다. 과거 다이스케의 외할머니가 경영했던 고우라 식당을 지금은 고서 창고로 쓰고 있었다.

다이스케의 외할머니가 소중히 가꿔온 식당을 창고라고 부르기 꺼려져서, 시오리코는 지금까지 '오후나'나 '오후나 집'이라고 애매하게 표현했지만, 다이스케는 개의치 않고 '오후나의 창고', '창고'라고 불렀다.

짐을 오후나 집으로 옮기기 위해 다이스케는 봉고차에 탔다. 가게를 나갈 때에는 스웨터 위에 앞치마를 걸치고 있었지만, 돌아왔을 때에는 티셔츠 차림이었다.

잡지 여러 권을 옮기느라 땀이 나서, 스웨터와 앞치마를 벗은 것이리라. 다이스케는 그렇게 겉옷이나 앞치마를 벗어놓고 잊어버리는 경우가 종종 있었다.

시오리코는 샌들을 신고 안채에서 나와 주차장의 하얀 봉고차로 다가갔다. 예상대로 조수석에 단색의 앞치마와 스웨터가 둥글게 말려 있었다.

"아빠 책 찾았어?"

도비라코가 콩콩 뛰면서 차 안을 들여다보려 했다. 시오리코는 말없이 차 문을 열었다. 미지근하고 탁한 공기가 밖으로 흘러나왔다.

앞치마 주머니를 뒤졌다. 볼펜과 전자계산기, 커터 나

이프 등 일할 때 쓰는 도구가 들어 있을 뿐, 책은 아무데도 없었다.

"그 주머니에 들어가는 사이즈면 작은 책이겠네. 문고본인가?"

딸의 날카로운 지적에 뜨끔했다. 분명 시오리코가 찾는 책은 문고본이었다.

"글쎄, 무슨 책일까."

새침한 표정으로 대답했다. 자신이 어릴 때도 이렇게 부모님을 난감하게 했을까? 시오리코의 어머니 지에코라면 이런 대화도 즐거워했겠지만.

"자, 찾아보자."

시오리코는 허리에 손을 올렸다. 솔직히 그녀 역시 책을 찾는 게 즐거워지기 시작했다.

"나도 할래!"

도비라코가 기운찬 목소리로 선언했고, 두 모녀는 봉고차에 들어갔다.

콘솔 박스와 글로브 박스에는 없었다. 좌석 사이에 떨어진 것 같지도 않았다. 트렁크도 뒤져봤지만 역시 아무 데도 없었다. 시오리코는 일단 차에서 나와 생각에 잠겼다.

'아마 가게 카운터…… 아니, 창고였던 것 같아요.'

다이스케는 전화로 그렇게 말했다. 그렇다면 오후나

집에 깜빡하고 놓고 왔을 가능성이 있다. 그러고 보니 짐을 옮겨다 놓는 것뿐인데 평소보다 시간이 걸렸던 것 같다. 작업 도중에 그 책을 펼쳐봤을지도 모른다.

"앗!"

도비라코의 목소리가 울려 퍼졌다. 트렁크 쪽을 돌아보니 구석에 쌓아둔 잡지 더미가 널브러져 있었다. 딸이 건드렸다가 묶어놓은 끈이 풀어진 모양이었다. 『패미컴 통신』. 오래된 가정용 게임 잡지의 표지에는 '창간호야'라고 빨간 글자로 적혀 있었다. 그밖에도 같은 시대의 게임 공략본이 쌓여 있었다.

"게임 책, 우리 가게에서 산 거야?"

"그래."

시오리코는 잡지를 원래대로 묶었다. 어제 다이스케가 감정해서 매입한 잡지의 일부였다. 누군가의 컬렉션인 듯 했는데, 종수가 상당했다.

"왜? 우리 가게는 고서점이잖아."

"게임 잡지도 고서야. 책을 소중히 간직한 사람이 있고, 그 책을 원하는 사람이 있으면 고서점은 뭐든 취급한단다."

"흐음."

도비라코는 석연치 않은 표정이었다.

"소중히 간직하는 사람이 있어?"

"당연하지, 아주 많아."

비블리아 고서당의 단골 중에도 오래된 게임 잡지를 수집하는 사람이 있었다. 다이스케는 그 사람을 떠올리고 시장에 출품하려 했던 매물의 일부를 가지고 돌아온 것이리라.

어떤 장르이든, 오래된 책에는 소유자의 이야기가 담겨 있다. 불현듯 시오리코는 어떤 의뢰인을 떠올렸다. 다이스케와 결혼한 해, 『탱자꽃』사건으로부터 조금 시간이 흐른 뒤 만난 여성. 게임에 관련된 한 권의 책이 그녀와 그 가족의 기억을 이어주었다.

"엄마가 아는 게임 책 이야기 듣고 싶어?"

"응, 듣고 싶어!"

도비라코는 말이 끝나기가 무섭게 대답했다. 두 모녀는 활짝 열린 트렁크 밑에 자리를 잡았다. 시오리코는 헛기침을 했다. 이번에는 『탱자꽃』이야기보다 들려줄 수 있는 게 많을 것이다.

"그건 엄마와 아빠가 결혼한 해였어, 크리스마스의 계절이었지……."

『俺と母さんの思い出の本』

02

엄마와 나의 추억의 책

요코하마의 모토마치 상점가에 들어서자, 이곳저곳에 붉은색과 초록색의 크리스마스트리가 보였다. 쇼윈도도 종과 리본 모양의 장식들로 반짝이고 있었다.

올해는 동일본 대지진의 영향으로 떠들썩한 연말 분위기는 자제하는 추세라고 듣기는 했지만, 크리스마스 시즌에 이런 데이트 명소에 와본 적 없는 나에게는 이 정도도 황송할 만큼 화려했다. 밤에는 일루미네이션으로 더욱 아름다워지겠지. 커플들이 기념으로 찾는 것도 이해가 갔다.

"……커플들이 일부러 찾아올 만하네요."

안경을 낀 긴 머리의 여성이 옆에서 남의 일처럼 중얼거렸다. 나와 완전히 같은 생각이었다. 하얀 코트에 녹색 체크 스커트 차림이었지만 딱히 크리스마스를 의식한 것 같지는 않았다. 단정한 얼굴보다 오른팔에 낀 금속 지팡이가 지나는 사람의 눈길을 끌었다.

그녀의 이름은 시노카와 시오리코. 비블리아 고서당의 주인이다.

불현듯 주변을 둘러봤다. 가족 말고는 우리 또래의 남녀가 현저히 많았다.

"생각해 보니 우리도 커플이네요."

왼손 약지에 낀 반지를 들어 보이며 말했다. 그녀의 왼손에도 같은 디자인의 반지가 빛나고 있었다.

"네? 아, 뭐, 그건 그렇지만……."

불그스레해진 뺨을 감추듯 시오리코 씨는 괜스레 안경테를 만지작거렸다.

"하, 하지만 우린 보통 커플과는 좀 다르지 않나요……. 그, 부부, 니까……."

수줍어하며 그렇게 덧붙였다. 혼인신고를 하고 같이 살기 시작한 지도 두 달이 지났지만, 부부라 해도 아직 별로 실감이 들지 않았다. 고백해서 사귀기 시작한 게 5월이었으니, 이제 반년이 지났을 뿐이다. 아직 연애 때 기분이었다.

내 이름은 고우라 다이스케. 아니, 결혼하고 시노카와

다이스케가 되었다. 고우라라는 성에도 나름대로 애착이 있었지만, 둘 중 하나가 성을 바꿔야 한다면 왠지 내가 바꿔야 할 것 같아서, 시노카와 성을 따르기로 했다. 하지만 평소에는 옛날 성을 계속 썼기 때문에, 아직 가족들 말고 다른 사람들은 내가 성을 바꾼 걸 모른다.

갑자기 시오리코 씨가 고개를 돌려 반대편 인도를 보았다. 같은 브랜드인 듯한 롱코트를 입은, 기품 있는 노부부가 팔짱을 끼고 보도를 걷고 있었다. 둘 다 빈손인 걸 보면 근처 주민인 듯했다.

"아는 사람이에요?"

"아뇨…… 전혀."

모르는 사람인데 계속 신경을 쓰는 것 같았다. 잠시 후, 시오리코 씨가 갑자기 팔짱을 꼈다. 붉어진 얼굴로 정면을 바라본 채, 쑥스러움을 감추듯 입을 꼭 다물고 있었다.

'팔짱을 끼고 싶었던 건가.'

그렇게 말하면 토라질 것 같아서 가만히 있었다. 그러고 보니, 작년 이맘때에는 사귀지도 않았다. 단둘이서 맞는 크리스마스는 올해가 처음이었다. 연인을 넘어 부부가 되었지만.

"돌아오는 길에 어디 들러서 차라도 마실까요?"

내가 물었다. 부부끼리 크리스마스 기분을 내는 방법은 그 정도밖에 없는 것 같았다.

참고로 집에서 크리스마스파티를 할 예정은 없었다. 처제인 아야카가 대학 입시를 앞두고 신경이 잔뜩 곤두서 있었기 때문에, 좋아하는 케이크나 사서 들어갈 셈이었다.

"그러고 싶긴 한데……. 시간이 있을지 모르겠네요."

시오리코 씨가 대답했다. 그녀의 말대로였다.

우리는 모토마치 상점가를 나와 인적 드문 언덕길을 오르기 시작했다. 요코하마의 야마테 지구는 원래 외국인 거주지로, 문화재로 지정된 오래된 저택이나 교회도 자리해서 관광지로도 널리 알려져 있지만, 전국에서 손꼽히는 고급 주택지이기도 했다.

오늘 요코하마를 찾은 건 고서점 일 때문은 아니었다. 이 지역에 사는 여성에게 '어디 있는지 모를 책을 찾아달라'는 의뢰를 받았기 때문이었다. 의뢰인은 시오리코 씨의 어머니, 지금은 장모님이기도 한 시노카와 지에코의 대학 동창이라고 했다.

원래 시노카와 지에코에게 들어온 일이었지만, 본인이 해외에 있어서 '대신 딸을 보내겠다'고 일방적으로 약속을 해버린 것이다.

어머님에게 들어오는 이런 의뢰에는 늘 뭔가 속사정이 있다. 뭔가 복잡한 사정이 있을 것 같은 예감이 들기는 했지만, 상대가 곤경에 처한 건 틀림없는 것 같아서 거절할 수 없었다.

하지만 연말에는 방문 매입 의뢰가 끊이지 않았다. 그 사이에 짬을 내서, 일정이 비어 있는 크리스마스이브 오후에 방문하기로 했다. 자세한 사정은 직접 만나서 듣기로 했다.

"이 집 같네요."

언덕 중간에서 시오리코 씨가 걸음을 멈췄다. 나는 눈이 휘둥그레졌다. 대문 너머로는 거대한 상자와 원기둥을 짜 맞춰 지은 듯한, 모던한 콘크리트 소재의 호화 저택이 서 있었다. 셔터가 내려진 주차장은 서너 대는 너끈히 들어갈 넓이였다. 의뢰인이 서민이 아니라는 건 대충 짐작하고 있었지만, 이 정도로 부자일 줄은 몰랐다.

명패에는 '이소하라'라는 성이 적혀 있었다. 인터폰을 눌러 찾아온 용건을 말한 뒤, 아직 팔짱을 끼고 있다는 사실을 떠올렸다. 황급히 팔짱을 풀었다. 하마터면 의뢰인에게 이 모습을 보여줄 뻔했다.

어깨까지 오는 머리의 중년 여성이 현관문을 열고 나왔다. 흰 피부에 자그마한 눈코입이 떨어져 자리하고 있

었다. 히나인형을 연상시키는 우아한 생김새였다. 얇은
터틀넥 스웨터에 베이지색 바지를 입고 있었는데, 수수
한 일상복처럼 보여도 저렴한 옷과는 질이 다르다는 걸
알 수 있었다. 분명 고가의 브랜드 제품이리라.

"처음 뵙겠습니다. 비블리아 고서당의 시노카와라고
합니다……. 어머니에게 말씀 많이 들었습니다."

시오리코 씨가 고개를 숙이자 상대의 눈이 살짝 커졌다.

"전화 드린 이소하라 미키입니다. 일부러 오게 해서 미
안해요. ……이야기는 들었지만, 정말 지에코를 쏙 빼닮
았네요. 놀랐어요."

조금 쉰 단조로운 목소리는 그다지 놀란 것처럼 들리
지 않았다. 뭔가에 홀려서 정신이 나간 듯한, 자포자기
한 느낌이 마음에 걸렸다.

"들어오세요."

우리가 대답하기 전에 그녀는 안으로 들어갔다.

저택 내부도 외부 못지않게 화려했다. 오래된 저택이
나 일본 전통 주택에 출장 매입을 나간 적도 여러 번 있
었지만, 대리석을 깐 현관은 처음 보았다. 그 옆은 홈 바
와 피아노가 있는 응접실이었다. 거기서 이야기를 나눌
줄 알았는데, 이소하라 미키는 우리를 2층의 널찍한 거

실로 안내했다. 업자가 아니라, 개인적인 손님으로 대접하는 것 같았다.

거실이 2층에 있는 이유는 들어선 순간에 알 수 있었다. 한 면을 차지한 유리창 너머로 차이나타운과 야마시타 공원의 전경이 한눈에 들어왔다. 멀리 보이는 높다란 빌딩은 미나토미라이의 랜드마크타워겠지. 이대로 드라마나 영화 촬영 세트장으로 써도 될 것 같았다.

나와 시오리코 씨는 경치가 가장 잘 보이는 가죽 소파에 앉았다. 우리에게 자리를 권한 뒤 이소하라 미키도 그 정면에 앉았다. 가사도우미인 듯한 나이 지긋한 여성이 소리도 없이 커피를 내려놓고 바로 자리를 떴다.

"집이 참 좋네요."

시오리코 씨가 솔직한 칭찬을 건넸다. 이런 곳에 초대받았는데 그 외에 달리 할 말이 있겠는가.

"오래된 집이라 유지비만 들죠."

고개를 끄덕이며 우리는 주변을 둘러봤다. 출장 매입하던 버릇인지 무의식적으로 눈이 장서를 찾게 된다. 안타깝게도 이 방에 책장은 없었다. 몇 인치인지 짐작도 가지 않는 대형 텔레비전과 묵직한 석조 난로는 있었지만.

"이 집에 오래 사셨어요?"

"벌써 30년 이상 됐네요. 결혼하고 나서도 부모님과

같이 살았는데, 회사를 경영하던 아버지가 이 집을 지으셨어요. 부모님은 돌아가신 지 오래고, 남편도 해외에 있어서…… 지금 이 집에는 저 혼자 살아요."

미묘한 침묵이 흘렀다. 시오리코 씨가 커피 잔을 내려놓고 자세를 바로 했다.

"……책을 찾으신다고 들었습니다."

"네. 아들이 가지고 있던 책을 꼭 찾고 싶어요."

이소하라 미키는 난로 쪽을 보았다. 맨틀피스에 커다란 사진이 놓여 있었다. 민머리에 안경을 쓴 통통한 남자가 어색한 미소를 짓고 있었다. 이 거실에서 찍은 사진인 것 같았다. 다 헤진 회색 후드트레이너 밑에 아메리칸 코믹스의 캐릭터가 프린트된 티셔츠를 입고 있었다. 나이는 우리보다 많은 것 같았다. 복장 센스는 차치하더라도, 이목구비는 의뢰인과 판박이였다.

"아드님 사진인가요?"

나는 일단 확인했다.

"네, 제 아들 히데미에요."

배경과 인물의 격차가 상당했지만, 솔직히 나는 내심 안도했다. 현실감이 없는 이 공간에서 저 사진의 인물만이 평범한 생활감을 띠고 있었다.

"……두 달 전에 지주막하 출혈로 떠났어요. 서른한 살이었죠."

　실내의 공기가 싸늘하게 얼어붙었다. 두 달 전이면 49재를 지낸 지도 얼마 되지 않았을 것이다. 아까부터 넋 나간 사람처럼 보였던 것도 당연했다.

　"상심이 크셨겠어요."

　긴장한 목소리로 그렇게 말한 시오리코 씨를 따라 나도 고개를 숙였다.

　"괜찮으시다면 분향을 해도 될까요?"

　"신경 써 주셔서 고마워요……. 하지만 위패는 이 집에 없어요. 아들은 결혼해서 오후나에 살고 있었거든요. 위패는 그쪽에 있죠."

　갑자기 본가가 있는 오후나의 이름이 나와서 내심 놀랐다. 그렇다면 아들의 부인은 아직 그곳에 사는 건가.

　"찾고 싶은 책 말인데……."

　이소하라 미키는 우리 쪽으로 당겨 앉으며 말했다. 아마 우리가 더는 신경 쓰지 않게 본론으로 들어가려는 것이다. 시오리코 씨도 그 의도를 알아챘는지 재빨리 대응했다.

　"네, 어떤 책인가요?"

　"실은 잘 몰라요. 책 이름도, 출판사도."

　"……사정을 말씀해주시겠어요?"

"세상을 떠나기 며칠 전에 웬일로 아들이 전화를 했더군요. 정월에도 집에 안 오고, 연락도 거의 없는 애였는데⋯⋯."

가슴 속에서 위화감이 솟아올랐다. 아들 부부가 사는 오후나와 야마테는 그리 멀지 않다. 보통 가족이라면 조금 더 왕래가 있었을 법도 한데.

"여름 즈음이었나요. 창고에서 아들이 결혼 전에 쓰던 물건들이 나와서, 오후나로 보냈어요. 잘 받았다는 얘기를 하려고 전화했다더군요. 아들 이야기로는 그 짐 속에서 아들과 나의 추억의 책이 있었다고 했어요."

"추억의 책, 아드님이 그렇게 말씀하신 거군요."

시오리코 씨의 물음에 의뢰인은 고개를 끄덕였다.

"맞아요⋯⋯. '나와 엄마의 추억의 책'이라고 분명히 말했어요. 하지만 저는 전혀 짚이는 게 없었죠."

"이 댁에서 보낸 물건 중에 그 책이 있던 거죠?"

"그런 것 같아요⋯⋯. 일일이 물건을 확인해보지 않아서. 책 같은 게 있기는 했지만, 만화며 잡지 같은 이상한 책이 많아서."

이소하라 미키는 얼굴을 찌푸렸다. 마치 오물을 보는 듯한 눈빛이었다. 내용물을 제대로 확인하지 않았다면, 이상한지 어떤지 알 수 없을 텐데.

"아들에게 모르겠다고 하니, 다음에 선물할 테니 그때

까지 생각해보라면서 웃었어요. 다음에 연락이 왔을 때는, 아들은 병원에 있었죠. 일하던 중에 쓰러져서⋯⋯ 병원에 실려 갔을 때는 이미 손쓸 수가 없었다고⋯⋯."

당시를 떠올린 듯 이소하라는 무거운 한숨을 내쉬었다. 요컨대 그 책은 이 사람에게 아들의 유품이나 다름없는 물건인 것이다.

"아드님의 부인 분께서 아시지 않을까요?"

"모른다고 하네요. 찾으면 드리겠다는데⋯⋯."

짜증이 섞인 목소리였다. 며느리에게 딱히 감정이 좋은 것 같지 않았다.

"그럼 지금도 아드님 집 어딘가에 있겠네요."

시오리코 씨가 확인하자, 의뢰인은 망설이면서도 동의했다.

"그럴 거예요. 내가 봤지만 책이 너무 많아서, 어디에 뭐가 있는지⋯⋯. 지에코도, 두 분도, 책 찾는 데는 전문가죠? 작년에 아버지의 장서를 처분할 때, 지에코가 그렇게 말하던데요. '비블리아 고서당은 고서에 관한 다양한 의뢰를 받는다'라고."

말이 점점 빨라지고 목소리도 높아졌다. 우리는 힐끗 마주봤다. 장모님은 정말 사람 곤란하게 하는 데는 선수였다.

시오리코 씨가 상대를 달래듯 차분한 목소리로 말했다.

"어머니는 어떤지 모르겠지만…… 저도 책에 관련된 일로 곤경에 처하신 분들께 몇 번인가 의뢰를 받은 적이 있기는 합니다. 하지만 본업은 어디까지나 고서 매매라, 전문가라 할 정도는……."

"그래도 책이라면 뭐든 잘 알잖아요. 지에코도 이런 의뢰에는 딸이 적임자라고 장담했는데."

"저보다 잘 아는 사람은 많아요. 어머니도 그중 한 명이지만…… 전 세계적으로 생각하면, 잘 아는 편일 거예요. 대부분의 장르에 대해서 기본적인 지식은……."

시오리코 씨는 더듬더듬 대답했다. 이소하라 미키는 안심한 듯 소파에 기댔다. 시오리코 씨의 대답을 겸손이라 여긴 모양이었다.

"다행이에요. 그렇게 말해줘서. 비블리아 고서당처럼 유서 깊은 고서점에서 이런 책에 관련된 의뢰를 들어줄지 걱정했거든요."

의뢰가 왔을 때부터 스멀거리던 불길한 예감이 더욱더 현실감을 띠기 시작했다. 시오리코 씨의 얼굴에도 같은 우려의 빛이 어른거렸다.

"자세히 말씀해주시겠어요?"

"내가 모르겠다고 했더니 아들이 힌트를 하나 줬어요.

……추억의 책은 게임에 관련된 책이라고."

"……게임이요?"

"젊은 분들이니 나보다 더 잘 알겠네요. 정식으로는 텔레비전 게임이라고 하던가요."

나는 뚫어져라 시오리코 씨를 바라보았다. 지금까지 그녀의 입에서 게임의 게 자도 들어본 적이 없었다. 시노카와 지에코가 우리에게 이 의뢰를 떠넘긴 이유를 알겠다. 게임에 관심도, 지식도 없기 때문이리라.

'이 의뢰, 받아도 되나?'

아니, 아마 괜찮지 않을 것이다. 시오리코 씨의 얼굴이 파랗게 질려 있었다. 나서야 할지 망설이는 동안 이소하라 미키는 정중하게 고개를 숙였다.

"부디 잘 부탁드립니다."

이소하라의 집에서 나온 건 그로부터 2시간 후였다.

모토마치의 전통 있는 케이크 가게에서 크리스마스 케이크를 사서, 네기시 선 열차를 탄 뒤에는 거의 아무 말도 하지 않았다. 둘 다 기진맥진했다.

얼떨결에 의뢰를 수락한 뒤, 이소하라 미키는 우리에게 아들 자랑과 불평을 쉬지 않고 이야기했다.

어릴 적부터 풍부한 감성과 날카로운 지성을 갖추고

있던 이소하라 히데미는 외아들로 가족의 기대를 한 몸에 받고 있었다. 뛰어난 성적에 운동신경도 좋아서, 다소 내성적이기는 했지만 온화한 성격의 '착한 아들'이었다고 한다.

수입식품 슈퍼를 경영하던 할아버지, 외무성에 근무하는 아버지 못지않은 사회적 성공을 거두기를 바라는 마음에 어린 시절부터 영어와 중국어를 가르쳤고, 예술적 감성을 키워주기 위해 미술 학원에도 보냈다. 어머니가 직접 피아노를 가르치기도 했다. 전반적으로 가르치면 어느 정도 잘 따라오기는 했지만, 본인은 딱히 열의가 없어서 고등학교에 들어가기 전에 모두 그만뒀다고 했다.

"이도 저도 애매해서……. 철들었을 때부터 신경 쓰이던 일이 있었어요. 활자로 된 책을 거의 안 읽는 거예요."

대학에서 영문학을 전공한 어머니는 일찍부터 아동문학 전집을 사줬지만, 대충 훑어만 보고 나중에는 거들떠보지도 않았다고 했다. 본인이 용돈으로 사서 열심히 읽던 건, 당시 인기였던 소년 만화나 잡지뿐이었다.

"누가 봐도 이상해진 건 생일 날 할아버지에게 게임기를 받고 나서였어요. 발매된 뒤로 계속 갖고 싶다고 얼마나 졸라댔는지, 그 열정에 진 거죠. 그 뒤로 낮이건 밤이건 텔레비전 앞에 앉아서…… 롤플레잉 게임이라고 하던가요. 세뱃돈으로 산 게임 몇 개를 질리지도 않는지 계속 하더군요.

몇 번이나 게임기를 버리려고 했지만, 그때마다 울고 불고 손도 못 대게 했어요."

이소하라 미키는 게임을 마치 전염병이라도 되는 양 묘사했다. 뭐, 실제로 너무 빠져서 이상해지는 사람도 있기는 하니 걱정하는 마음도 이해는 가지만.

결국 하루에 게임하는 시간을 정하고, 성적이 나빠지면 몰수한다는 조건을 달아서 합의했다고 한다. 히데미는 최상위권의 성적을 줄곧 유지했고, 중고등학교 일체형의 유명한 학교에 진학했다.

"그걸 보고 나도 마음이 놓여서 아이를 조금 풀어줬던 게 잘못이었죠. 그 애가 가입한 미술동호회는 사실상 만화 동호회였어요. 애니메이션이나 만화를 모방한 저속한 그림을 몰래 그리기 시작했는데……."

이소하라 미키는 미간을 찌푸리며 연신 고개를 저었다. 한마디로 오타쿠가 되었다는 뜻인 모양이다. 유명 사립대 법학부에 진학한 뒤에는 제대로 수업에도 나가지 않고, 열정적으로 동인활동을 했다. 이내 출판사에서 라이트노벨 표지와 삽화 의뢰를 받아 프로 일러스트레이터로 활동하기 시작했다.

일이 많아지자 대학을 중퇴했고, 세상을 떠날 무렵에는 일러스트뿐 아니라 애니메이션이나 게임 캐릭터 디자인까지 맡게 되었다.

"……굉장한 재능이네요."

나는 순수하게 놀랐다. 그 업계에 대해서는 아는 게 없지만, 그렇게 활약할 수 있는 사람은 극소수일 것이다. 하지만 어머니는 아들의 능력을 인정하지 않았다.

"취미로 하는 거면 몰라도, 그런 불안정한 일을 언제까지 할 수 있을지……. 어렵게 대학에 들어갔으면 최소한 졸업이라도 했어야 하는데. 자기 앞날을 전혀 생각 안 하는 애라……."

그 순간 이소하라 미키의 얼굴이 일그러졌다. 아들은 이제 자신의 앞날을 생각할 수 없다. ……우리는 물론 그녀 역시 그 사실을 언급하지 않았다.

"히데미 씨는 언제 결혼하셨나요?"

시오리코 씨가 묻자, 거기서부터는 며느리에 대한 하소연이 시작됐다. 며느리는 아들보다 열 살이나 어린데, 1년 전에 모 이벤트에서 만나자마자 식도 올리지 않고 혼인신고를 했다. 며느리 역시 오타쿠인 듯, 만나서 이야기를 나눠도 전혀 말이 통하지 않는다고 했다.

"그 애는 뭔가 아는 것 같아요."

이소하라 미키는 연신 그렇게 말했다. 아들은 며느리에게 책에 대해 이야기했을 것이다. 남편과 소원했던 시어머니에게 수집품의 일부를 주기 싫어서 일부러 아무 말 하지 않는 것이다.

외아들을 잃었다고는 해도, 그 아들이 좋아하던 것에 대한 몰이해와 고지식한 태도에 진이 빠졌다.

"이 의뢰, 정말 수락할 겁니까?"

오후나 역에서 요코스카 선으로 갈아타고 나서야 나는 시오리코 씨에게 물었다. 기타가마쿠라까지는 한 정거장이었지만, 빈자리가 많아서 나란히 앉았다.

"그러려고요. 제가 거절하면 그 책은 영영 못 찾을 테고."

찾을 수 있을지 없을지는 모르겠지만, 할 수 있는 일은 해보고 싶다고 했다.

"하지만 여러 가지로 번거로울 것 같네요……. 시오리코 씨, 게임해본 적 있어요?"

"……류랑 같이 한 번 해봤어요."

시오리코 씨는 작은 목소리로 대답했다. '류'는 시오리코 씨의 소꿉친구인 다키노 류를 말한다. 고난다이에 있는 다키노 북스라는 고서점의 딸이었다.

"컨트롤러를 어떻게 잡는지 몰라서 웃음거리가 됐어요……."

나보다 더 모르는 것 같다. 좋아하는 수준까지는 아니었지만, 본가에는 가정용 게임기가 여러 대 있었다. 어머니가 한때 RPG게임에 푹 빠졌던 까닭이다. 누구나 이름을 아는 유명한 게임뿐이었지만, 나도 편승해 세계를 구하는 모험을 떠났었다.

"쳇, 현실도 이러면 얼마나 좋아."

최종보스를 쓰러뜨린 어머니의 혼잣말을 듣고 등골이 오싹해졌던 적이 있다. 직장에서 스트레스가 많이 쌓였던 모양이다.

"그래도 게임에 관련된 고서의 시세는 조금 알아요. 우리 가게에서는 취급하지 않지만, 시장에 내놓으면 비싸게 팔리기도 하거든요."

시오리코 씨가 설명을 계속했다.

"어떤 책들이 비싸게 팔리는데요?"

"게임에 관한 책 중에 대중적인 건 역시 공략본이겠죠. 그리고 게임 잡지일까요. 패미통처럼 유명한 잡지의 창간호는 비싸게 팔려요. 그밖에는 마이너한 게임 하드웨어 전문잡지도 귀한 매물이고요. 수집하는 마니아도 꽤 많다고 들었어요."

"공략본도 비싸게 팔리나요?"

"요즘에는 인터넷에서도 게임 공략 정보를 찾을 수 있

지만, 마이너한 고전 게임은 공략본에 더 자세한 정보가 실린 경우도 있대요. 관계자들의 인터뷰나, 본편에는 공개되지 않은 캐릭터 일러스트가 실리기도 하고요. 게임 설정자료집도 그런 이유로 고가에 팔리는 경우가…… 다이스케 군? 왜 그래요?"

유창한 설명에 어안이 벙벙해졌던 나는 그제야 말문을 열었다.

"게임을 거의 해본 적 없는데, 무척 잘 아는 것 같아서요."

"아뇨, 그 정도는……. 대부분 다키노 북스의 렌조 씨에게 들은 이야기에요."

시오리코 씨는 그렇게 대답했다. 다키노 렌조는 다키노 북스의 주인으로, 다키노 류의 오빠였다. 나와 시오리코 씨도 여러 모로 신세를 지고 있었다. 가게를 물려받은 뒤로 게임 소프트나 DVD도 취급하게 되었다. 그러고 보니 고전게임 코너에서 낡은 공략본을 본 것 같다.

"하지만 관심이 있으니까 일부러 렌조 씨에게 물어본 거 아니에요? 역시 대단해요."

책에 관한 지식뿐 아니라, 책에 대한 지식욕도 보통은 아니었다.

"실제로 게임을 하지 않으니까 잘은 몰라요……."

시오리코 씨는 손끝을 대며 쭈뼛거렸다. 쑥스러운 모

양이었다.

"하지만 세상에는 다양한 기호와 호기심을 가진 사람들이 있고, 그런 사람들이 책에서 어떤 지식을 얻는지…… 어떤 책에서 가치를 발견하는지, 그런 걸 아는 게 무척 즐거워요. 물론 일 관련해서 필요하기도 하지만, 저도 그 사람들의 감정을 공유하는 것 같아서."

그 마음을 나도 조금은 알 것 같았다. 전혀 모르는 분야라도, 찾던 책을 구해서 기뻐하는 손님을 보면 나도 덩달아 기분이 좋았다. 그 책을 찾는 이유나 어째서 가치가 있는지 이야기를 들으면 기쁨은 배가 된다.

"이소하라 씨가 찾는 추억의 책이 아드님의 일이나 취미를 이해하는 데 조금이라도 도움이 되면 좋을 것 같아서……."

때마침 열차가 기타가마쿠라 역에 도착해서 대화가 끊겼다. 우리는 승강장에 내렸다.

분명 나도 그랬으면 좋겠다고 생각했다. 하지만 이소하라 미키가 찾는 '아들과의 추억의 책'이 무엇인지 지금으로서는 알 수 없었다. 아들은 몰라도 이소하라가 게임에 관련된 책을 사거나 읽는 모습은 전혀 상상이 가지 않았다.

비블리아 고서당의 문을 열자 카운터 안쪽에서 임시 아

르바이트가 둥그런 얼굴을 들었다. 검은 테 안경에 트레이닝복을 걸친 수수한 차림이었지만, 밝은 갈색으로 염색한 투블럭의 머리카락에서는 강렬한 개성이 느껴졌다.

"어서 오세…… 아, 오셨어요."

다마오카 스바루가 우리를 맞이했다. 근처에 사는 고등학생인 스바루는 이전에 미야자와 겐지의 『봄과 아수라』의 귀한 초판본을 둘러싼 소동에서 우리와 처음 만났고, 이후 가게에도 자주 드나들게 되었다. 시노카와 아야카와 같은 고등학교 선후배 관계이기도 했다. 아야카가 학원에 가서 가게를 봐줄 사람이 없어서 우리가 난감해하고 있을 때, '괜찮으시면 선배 대신 제가 가게 볼게요.'라고 먼저 말해주었다.

"별다른 일은 없었죠?"

시오리코 씨가 묻자 스바루는 카운터 근처 서가 위를 가리켰다. 소설 전집이 늘어선 자리 한 곳이 비어 있었다.

"『히사오 주란 전집』이 아까 팔렸어요. 그밖에는 단골처럼 보이는 손님 몇 명이 다녀갔고, 매입 의뢰도 없었어요."

표정은 무뚝뚝했지만 대답은 빠릿빠릿했다. 시간이 남으면 정리해달라고 했던 백 엔 균일가 매대의 책 교체도 끝내놓았다.

카운터 위에는 서점의 검은 커버를 씌워놓은 문고본이

보였다. 남는 시간에 가져온 책을 읽고 있던 모양이다.

"그랬군요……. 고마워요. 전 옷 갈아입고 올게요."

시오리코 씨는 2층으로 올라갔고, 가게에는 남자 둘만 남았다. 나도 코트를 벗고 앞치마를 걸쳤다. 다마오카 스바루는 돌아갈 채비를 했다. 물론 아르바이트 비는 지불할 터였지만, 편할 대로 사람을 부려먹고 이대로 돌려보내기도 꺼림칙했다.

"크리스마스 케이크 사왔는데 괜찮으면 같이……."

"아, 괜찮아요."

다마오카 스바루는 두 손을 내밀며 거절했다.

"공부하느라 힘든 시노카와 선배한테 제 몫까지 주세요. 딱히 크리스마스가 특별한 날이라는 인식이 없어서……. 집에 가서 읽던 라노베도 마저 읽어야 하고요."

조용한 목소리였지만 확고한 의지가 느껴졌다. 이 시기에는 어디를 가도 크리스마스를 즐기라는 무언의 압력에서 자유로울 수 없었다. 그럴 생각이 없는 사람에게는 부담 그 이상도 이하도 아니겠지. 나 역시 크리스마스라고 호들갑을 떨 생각은 아니었기에 억지로 권하지는 않았다.

"그래. 오늘은 고마웠어."

불현듯 '라노베'라는 단어가 귓가에 되살아났다. 다마

오카 스바루는 고전 문학작품도 좋아하지만, 유행하는 라이트노벨도 즐겨 읽었다. 일러스트레이터에 대해 잘 알지도 모른다.

"혹시 이소하라 히데미라는 일러스트레이터 알아?"

"이소하라…… 히데미……?"

다마오카 스바루는 고개를 갸웃하더니 느닷없이 고양이 같은 눈을 부릅뜨며 물었다.

"하라히데미요? 알다마다요……"

그렇게 말하며 문고본 커버를 벗겼다. 하복을 입은 금발의 미소녀가 땀을 흘리며 아이스크림을 먹고 있는 커버 일러스트가 나왔다. 물론 나는 읽어본 적 없지만, 인기 라이트노벨 시리즈였다. 지금 애니메이션이 방영 중이라 신간 서점에서도 쌓아놓고 팔고 있었다. 문외한인 내가 보기에도 귀여운 일러스트였다. 그리고 전체적으로 야했다.

"이거예요! 이 사람!"

지은이의 이름 밑에 '일러스트 하라히데미'라고 인쇄되어 있었다.

"하라히데미가 왜요?"

스바루는 책을 껴안은 채 다가왔다.

"아니, 좀…… 일하다가 그 사람 가족을 만날 기회가

있었거든. 역시 유명하구나."

사정을 밝힐 수는 없어서 대충 얼버무렸다. 다마오카 스바루는 세차게 고개를 저었다.

"네! 완전! 이 사람이 일러스트를 그리면 그것만으로도 인기가 올라가거든요. 미소녀도 잘 그리지만, 실력이 좋아서 폭넓은 연령대의 캐릭터도 다 잘 그리고, 소품이나 의상 디자인도 끝내줘요. 게임이나 애니메이션 캐릭터 디자인도 해서 해외에도 팬이 많대요. 영어와 중국어도 능통한지 외국 애니메이션 페스티벌에서 이벤트도 했고, 인터넷에서도 직접 팬들과 교류했는데……. 그래서 죽었을 때 전 세계에서 추모의 글이 쏟아졌죠……."

이소하라 미키는 아들에게 많은 것들을 가르쳤고, 그 중에는 어학과 미술도 있었다. 그녀는 모두 이도저도 아니었다고 한탄했지만, 일러스트 일에는 도움이 된 모양이었다.

이소하라 히데미의 집을 방문할 날짜를 결정하는 데는 시간이 조금 걸렸다. 연말이라 일이 많아서 바빴고, 부인과도 일정을 맞추기가 쉽지 않았다.

그때까지 '하라히데미'를 인터넷으로 검색하니, 고인이 생전에 업로드한 동영상이 여럿 나왔다. 게임 플레이

실황을 하거나, 시청자의 요청을 받아 그림을 그리거나, 키보드로 어설프게 기억한 곡을 치는 등 대부분이 크게 힘주지 않은 내용이었다. 조용조용하게 이야기하는 모습은 결코 화술이 뛰어나지는 않았지만, 소탈한 인품을 짐작할 수 있었다. 좌우지간 뭘 해도 즐기는 것 같았다. 올린 동영상은 모두 조회수가 높았고, 내가 보는 사이에도 추모 댓글이 계속해서 달렸다.

정말 사랑받던 크리에이터였다. 한 번도 만나본 적은 없었지만, 이렇게 움직이고 말하는 모습을 보다 보니, 신기하게도 예전부터 알던 사람처럼 느껴졌다.

결국 해가 바뀌기 직전의 12월 30일에야 나와 시오리코 씨는 오후나 역 근처의 맨션으로 향했다. 10년쯤 전에 지어진 대규모 맨션 꼭대기 층의 집이었다.

문을 열고 우리를 맞이한 건 헐렁한 카디건을 걸친 젊은 여성이었다. 이미 성인일 텐데, 짧은 머리와 아담한 체구 때문인지 중학생처럼 보였다.

"들어오세요. 어머님께 말씀 들었어요."

외모와는 달리 허스키한 목소리였다. 말투도 차분했다.

집에 들어간 순간, 일전에 야마테의 호화 저택을 방문했을 때와는 다른 의미로 눈이 휘둥그레졌다. 맨션 복도 양쪽으로 전용 책장이 **빽빽**하게 늘어서 있었는데, 다양한 장르의 만화책이 빼곡하게 꽂혀 있었다. 앞장선 시오리코 씨가 힐끗거리며 책등을 살펴보는 바람에 거실에 들어갈 때까지 시간이 걸렸다.

널찍한 거실 벽도 대부분 천장까지 닿는 수납장이 채우고 있었다. 수납장에는 애니메이션이나 실사영화 DVD와 게임 소프트들로 가득했다. 제일 위 단은 아크릴 문이 달린 피규어 진열 공간으로 꾸며놓았다. 절반 이상은 노출도가 높은 미소녀 피규어였지만, 나머지는 아메리칸 코믹스의 캐릭터나 특촬 히어로였다. 대형 텔레비전을 놓은 TV선반에는 최신 가정용 게임기가 늘어서 있었다.

그림으로 그린 듯한 오타쿠의 집이었다. 북쪽에 놓인 새 불단만 이질적이었다.

자그마한 물건이 많은데도 집은 구석구석 정리정돈되어 있었고, 바닥에도 먼지 한 톨 찾아볼 수 없었다. 눈앞에 있는 이 여성이 늘 깨끗이 청소하는 것이리라.

우리는 불단에 향을 피우고 나서 둥근 테이블 주변에 둘러앉았다. 이소하라 히데미의 부인은 꼿꼿한 자세로 정좌하고 있었다.

"비블리아 고서당의 시노카와라고 합니다."

"……직원인 고우라입니다."

시오리코 씨를 따라 나도 일단 자기소개를 했다. 상대 여성은 묘하게 각이 잡힌 포즈로 가슴에 손을 얹고 자기소개를 했다.

"처음 뵙겠습니다. 이소하라 히데미의 부인인 키라라입니다. 히라가나로 키라라라고 써요."

순간 우리는 말문이 막혔다. 예명인가? 그러자 상대는 하얀 이를 보이며 싱긋 웃었다. 감정표현이 풍부한지, 표정이 실시간으로 바뀌었다.

"뭐라 말하기 곤란한 이름이죠. 부모님이 지어주신 본명이에요. 라노베나 미소녀게임 캐릭터 같죠? 아버지가 광물 마니아라 『운모(雲母)』와 관련이 있는 이름을 짓고 싶었대요. 운모를 『키라라』라고도 부르잖아요."

"네, 그렇죠."

시오리코 씨가 당혹스러워하면서도 고개를 끄덕이자 이소하라 키라라는 말을 이었다. 한 번 입을 열면 멈추지 않는 타입 같았다.

"부모님은 제가 어릴 적에 이혼해서, 아버지와는 지금까지 만난 적 없으니 자세한 사정은 모르지만요. 이런 이차원적인 이름은 저 어릴 적에는 드물었어요. 학교에서도 맨날 놀림만 당해서, 콤플렉스 때문에 인간관계도 제대로 맺지 못했죠. 그래서 집에서 게임만 했어요. 게임이 절 구원해줬죠. 예외도 있지만, 대부분은 클리어하면 해피엔딩을 맞이하잖아요. 현실과 달리."

끝날 기색이 보이지 않는 자기 이야기에 어안이 벙벙해졌던 나는 문득 어머니의 말을 떠올렸다. '현실도 이러면 얼마나 좋아.' 이 사람만큼은 아니었더라도, 어머니에게도 게임이 구원이었을지도 모른다. 게임에 몰두해 현실을 망각하는 사람도 있지만, 가혹한 현실을 게임으로 버티는 사람도 있다. 아마 그러한 점에서는 책이든 영화든 비슷하겠지.

"어떤 게임을 하셨나요?"

단순한 호기심에서 나온 질문이었지만, 상대는 즉시 대답했다.

"이것저것 많이 했지만, 스퀘어에닉스의 RPG를 좋아했어요.『파이널 판타지』신작이나 리메이크판이 나올 때마다 했고, 그밖에도『성검전설』시리즈나⋯⋯."

그밖에도 언급한 타이틀은 라이트유저인 나로서는 처음 듣는 것뿐이었다. 하지만 이 사람의 오타쿠 인생이 무척 알차다는 사실만큼은 알 수 있었다.

"고등학생이 되어서도 학교는 가고 싶으면 가고, 안 가고 싶으면 안 갔는데, 그러다 게임만 하는 것도 질리고 뭔가 다른 게 없을까 고민하는 동안에 문득 이런 생각이 들더라고요. '어차피 이차원 캐릭터 같은 이름이니, 내가 이차원 캐릭터가 되면 되겠다'라고. 그랬더니 오히려 이 이름이 무기가 되더라고요. 그래서 직접 의상을 제작해서 코스프레를 하게 됐죠. 저런 걸요."

이소하라 키라라는 거실 구석을 가리켰다. 머리와 손발이 없는 등신대의 마네킹은 프릴이 달린 핑크색과 하얀색 미니드레스를 입고 있었다. 보아하니 마법소녀물 캐릭터의 의상 같았다. 직접 만들었다는 게 믿기지 않을 정도로 섬세했다.

코스프레를 시작한 계기는 방금 이야기를 듣고 대충 짐작이 가는 것도, 아닌 것도 같았지만 좌우지간 당사자는 다 떨쳐냈는지 신이 나서 이야기하는 그녀는 무척 빛나 보였다.

"평소에는 저렇게 꺼내놓지 않는데, 저건 선생님이 특히 좋아하는 의상이라 꼭 거실에 장식하고 싶다고 해서…… 아!"

느닷없이 이소하라 키라라는 테이블을 짚고 시오리코 씨 쪽으로 몸을 내밀었다. 그리고 얼굴과 몸, 특히 가슴 언저리를 노골적으로 훑어보았다. 시오리코 씨는 난감한 표정으로 몸을 움츠렸다.

"시노카와 씨라고 하셨죠."

이소카와 키라라는 멋진 표정으로 말했다.

"아, 네."

"혹시 코스프레하실 생각 없으세요?"

"네?"

나와 시오리코 씨는 놀라 외쳤다.

"저 같은 유아체형이 도전하기에는 어려운 캐릭터가 많아서요. 시노카와 씨는 얼굴이며 몸매며 빠지는 데도 없으니까 정말 잘 어울릴 거예요. 의상은 저한테 맡겨주세요!"

흥분했는지 숨소리가 거칠었다. 시오리코 씨는 순간 뜸을 들였다 고개를 저었다.

"아뇨, 없습니다."

단호한 거절이었다. 이소하라 키라라는 털썩 주저앉았다.

"그렇군요……. 하긴 그렇겠죠. 갑작스레 이런 말씀 드려서 죄송합니다. 그래도 생각이 바뀌면 언제든 연락주세요."

진심으로 아쉬워하는 표정이었다. 아마 시오리코 씨의 마음이 바뀔 일은 없으리라. 어떤 의상인지는 모르지만, 순간 보고 싶다는 생각이 들었다.

"그나저나 아까 말씀하신 '선생님'이란 남편 분을 말씀하시는 건가요?"

시오리코 씨의 물음에 이소하라 키라라는 귀까지 빨개질 정도로 얼굴을 붉혔다. 정말 쉴 새 없이 표정이 바뀌는 사람이었다.

"……제가 그랬나요? 결혼하기 전까지 그렇게 불러서, 입에 붙었나 봐요. 선생님…… 남편도 자주 놀려대서 고치려고는 했는데……."

불현듯 목소리가 어두워졌다. 제 손을 물끄러미 바라보는 그녀의 모습은 아들의 장래를 이야기하던 이소하라 미키의 모습과 어딘가 닮아 있었다.

"남편 분과는 어떻게 만나셨나요?"

"작년에 홋카이도에서 열린 애니메이션 페스티벌에서 만났어요. 지역경제 활성화 차원에서 지자체에서 개최한 대형 이벤트인데, 전국에서 코스플레이어들이 몰려들었죠. 전 고등학교를 졸업하고 바로 취직했는데, 연차를 내고 친구와 함께 참가했어요……. 선생님이 토크 이벤트를 한다고 해서 보고 싶었거든요. 선생님이 그리는 캐릭터도 좋아했고. 말은 토크 이벤트라고 해도, 온천여관에서 팬들과 먹고 마시면서 이야기하는…… 술자리였죠. 선생님이 그러자고 제안했대요. 거창한 건 성미에 안 맞는다고."

분위기는 상상이 갔다. 분명 내가 본 동영상들과 비슷

한 느낌이었겠지.

"하지만 분위기는 정말 좋았어요. 취한 선생님이 거기 있던 전자 피아노를 꺼내서 신청곡을 연주하겠다고 했거든요. 저는 『파이널 판타지 5』의 『머나먼 고향』을 신청했어요. 주인공 바츠의 고향 마을에 들어가면 나오는 명곡인데…… 아세요?"

시오리코 씨는 고개를 갸웃했다. 나는 플레이한 적이 있지만, 아마 그 곡이겠거니 짐작하는 정도였다. 아름다운 멜로디였던 것으로 기억한다.

"그밖에도 몇몇이 동시에 애니송이나 게임 음악을 신청했지만 제 신청곡을 연주해주셨어요. 어찌나 멋진 연주였는지, 듣다가 그만 엉엉 울어버렸죠……. 제가 처음으로 클리어한 게임이었거든요. 이벤트가 끝나고 선생님에게 감사 인사를 드리러 가서 그 얘기를 했더니, 실은 그때 신청곡 중에서 『머나먼 고향』밖에 칠 수 있는 곡이 없었대요. 선생님은 악보를 보지 않은 곡을 멜로디만으로 연주해본 적도 없었고, 애초에 거의 피아노를 치지 않아서 어릴 때부터 레퍼토리가 늘지 않았대요. 하지만 선생님이 처음 플레이한 게임이 『파이널 판타지 5』였어요. 아, 선생님은 슈퍼패미컴 판으로, 저는 게임보이어드밴스 판이었지만요. 뭔가 운명을 느끼고 억지로 연락처를 교환했어요……. 그때부터 교제가 시작됐죠."

이야기를 듣다 보니 신기한 기분이 들었다. 이 이야기가 사실이라면, 두 사람이 만나게 된 계기가 된 건 히데미 씨가 어릴 적 배웠던 미술, 어학, 피아노였다. 영재교육은 일적으로도, 사적으로도 모두 도움이 된 것이다. 어머니의 의도와는 동떨어졌지만.

"일러스트레이터 일은 바쁘고, 부담도 크니까 스트레스가 쌓였을 법도 한데, 선생님은 그런 티를 전혀 안 내는 사람이었어요. 남의 험담을 하는 걸 한 번도 들은 적이 없어요. 조용하고 다정한 사람이라, 무슨 일이든 다 받아주는…… 선생님의 모든 면이 너무 좋아서, 이 사람과 평생 의지하고 살고 싶어서 결혼했는데……."

이소하라 키라라의 입가에서 미소가 사라졌다. 대신 긴 속눈썹 아래에 어두운 그림자가 드리웠다.

"지금은 피곤하다, 몸이 좋지 않다, 그런 말도 일절 안 하는 사람이라……. 제가 더 선생님을 잘 보살폈다면…… 적어도 그날, 작업실에서 오랫동안 안 나왔다는 사실을 더 빨리 알아챘다면. 날마다 그런 생각만 들어서……. 아, 죄송합니다. 잠깐만요."

정중히 양해를 구한 뒤, 이소하라 키라라는 눈을 내리깔고 흐느꼈다. 손가락 사이로 빠져나온 투명한 눈물이 테이블에 떨어지는 모습을 우리는 말없이 바라볼 수밖에 없었다.

이소하라 키라라가 평정을 되찾을 때까지 기다렸다가 우리는 고인의 작업실로 이동했다. 두 개의 방을 리폼해 하나로 만들었는지 실내는 꽤 널찍했다.

창가에 놓인 기다란 책상에는 여러 대의 모니터와 그림을 그릴 때 쓰는 타블렛이 놓여 있었다. 주변에는 자료인 듯한 종이들이 쌓여 있었다. 세상을 떠나기 직전까지 여기서 작업을 했던 것이리라.

벽은 대부분 책장이 차지하고 있었는데, 책과 잡지가 빼곡했다. 일러스트집과 포즈집, 갑주나 무기 도감 등 참고자료인 듯한 대형본이 많았다. 게임 공략본이나 게임 잡지도 눈에 띄었다. 동인지인 듯한 얇은 책도 꽤 많았다.

"작업실은 선생님이 돌아가셨을 때 상태로 두었어요. 만일 어머님과 선생님의 추억의 책이 있다면, 여기 어딘가에 있을 거예요. 야마테 본가에서 보내신 물건은 제가 이곳에 옮겨놨거든요."

고인의 부인은 그렇게 설명했다.

"내용물을 직접 보셨어요?"

시오리코 씨의 질문에 그녀는 미묘한 각도로 고개를 끄덕였다.

"일단 박스는 뜯어봤어요. 선생님이 집에 없을 때 도착했는데, 냉장고에 넣어놔야 할 물건이 있나 해서요. 어릴 적 사진이 제일 위에 있는 걸 보고 바로 닫았어요. 마음대로 열어보는 것도 좀 그래서."

"남편 분이 돌아오신 뒤에는요?"

"선생님이 직접 꺼내서 정리했어요. 그래서 무엇이 들어 있었는지는 몰라요. 아, 어릴 적 사진은 보여줬어요. 귀여웠죠."

"그 책에 대해 뭐라고 말씀은 안 하셨나요?"

"조금요. 실은 선생님이 어머님께 잘 받았다고 전화했을 때 통화 내용을 들었어요. 선생님은 거실에, 저는 주방에서 요리를 하고 있었거든요. 게임 책에 선생님과 어머님의 추억이 담겼다는 게 전혀 상상이 안 가서, 어떤 책인지 물어봤어요. 그랬더니 '내가 초등학생일 때 어머니가 사주신 유일한 게임 관련 책이야'라고 했어요."

"제목은 말 안 하셨나요?"

"네. 제가 물어봤더니 갑자기 싱글벙글하면서 '그럼 다음에 어머니 집에 갈 때 당신도 같이 가자. 그때까지는 비밀이야.'라고 했어요."

그 약속이 실현되었다면, 소소한 수수께끼로 끝났겠지. 이렇게까지 일이 커지지도 않았으리라.

"저도 무슨 책인지 궁금해요……. 어머님은 제가 숨겼다고 생각하시는 것 같지만."

이소하라 키라라는 쓴웃음을 지었다. 사실이라 우리도 뭐라 할 말이 없었다. 이소하라 미키는 아들의 일과 취미를 이해하지 못한 것처럼, 아들의 아내도 받아들이려 하지 않았다.

"아, 맞다. 처음에는 이 책인가 했어요."

갑자기 이소하라 키라라는 근처의 책장에서 문고본 한 권을 꺼냈다. 로제 카이와 『놀이와 인간』. 고단샤 학술문고.

"이게 뭐죠?"

내 질문에 즉답한 건 시오리코 씨였다.

"문학과 사회학, 철학 분야에서 폭넓게 활동한 프랑스의 지식인 카이와의 대표적인 저서에요. 놀이를 논리적으로 고찰하는 내용이죠. 놀이의 기본적인 정의, 본질, 그 영역의 분류로 유명한데……. 저기, 왜 이 책이라고 생각하셨죠?"

시오리코 씨는 이소하라 키라라에게 물었다. 흥미로운 주제였지만 꽤 난해한 내용 같았다.

"선생님이 고등학생일 때 어머님이 선물해주신 책이라

고 들었어요. 활자와 친숙해졌으면 하는 마음에, 조금이라도 선생님이 관심을 가지도록 텔레비전 게임과 관련된 내용의 책을 고르셨대요. 정작 어머님은 안 읽으셨다고 하지만."

그 목소리에는 약간의 냉소가 섞여 있었다. 뭐, 게임도 놀이의 일종이긴 하지만, 아무리 봐도 게임 마니아가 읽고 싶어할 책은 아니었다.

"이게 추억의 책…… 일 리는 없겠죠."

"네. 계속 이 방에 있던 책이고, 선생님도 딱히 애착은 없던 것 같았어요……. 대학생이 되어서 읽었더니 내용도 이해가 돼서 재미있었다고 했어요. 선생님은 원래 머리가 좋아서 마음만 먹으면 뭐든 읽을 수 있거든요."

대학생이 되어서야 이해할 수 있는 책이 추억의 책일 리가 없다. 애초에 '초등학생 때' 사줬다는 책이니…….

"공략본 같은 걸까요?"

나는 그렇게 말했다. 아이들이 읽는 게임에 관련된 책이라면 가장 먼저 떠오르는 책이었다.

"저도 그 생각을 했는데, 선생님은 고등학생이 될 때까지 공략본을 보면서 게임을 한 적이 없었을 거예요. 소장한 게임이 몇 개 없었기 때문에, 게임 하나를 최대한 오래 즐기고 싶어서 공략본이 필요하다는 생각을 한 적이 없다고, 자주 그 얘기를 했어요."

"하지만 공략본이 없으면 즐기기 어려운 요소 같은 것
도 있지 않나요?"

"그런 건 본인이 직접 파고 들었다고 했어요. 끈기와
집중력이 대단한 사람이었거든요."

"게임 잡지가 아닐까요?"

시오리코 씨가 말했다. 이소하라 키라라는 팔짱을 끼
며 대답했다.

"차라리 그쪽이 더 가능성이 있을 것 같아요. 선생님은
공략본은 안 봤지만 게임 잡지는 꽤 읽었던 것 같거든요.
공략본에는 한 게임의 정보만 실렸지만, 잡지에는 당시
발매된 게임의 정보가 실려 있다면서요. 얼마 안 되는 용
돈을 모아서 메가드라이브나 PC엔진 전문 잡지도 창간
호부터 사서 읽었다고 했어요. 게임기도 없었으면서."

게임 소프트를 가지고 있어도 공략본을 안 사는데, 게
임 하드웨어가 없어도 전문 잡지를 구입한다. 상식을 벗
어난 사고방식이 그야말로 마니아다웠다.

"하지만 어머님이 게임 잡지를 사는 모습이 상상이 안
가요. 선생님 말로는 게임에 관련된 책은 가족들에게 들
키지 않게 몰래 샀다고 했거든요."

결국 원점으로 돌아왔다. 애초에 아들의 취미를 질색

하는 이소하라 미키가 게임에 관련된 책을 사줬을 것 같
지 않았다.

"……아."

시오리코 씨가 뭔가 생각난 표정으로 작게 외쳤다. 지
팡이에 의지해 다시 벽을 가득 채운 책장을 끝에서부터
차례대로 확인했다.

"남편 분이 소장하셨던 게임 관련 서적과 잡지는 모두
여기 있나요?"

책장에서 눈을 떼지 않은 채 시오리코 씨는 물었다.

"네. 선생님 책은 여기 있는 게 전부예요……. 제 방에
는 코스프레에 참고하려고 산 설정자료집 같은 게 있고,
침실 책장에는 같이 보던 공략본이 있지만……."

우리는 고개를 끄덕였다. 이소하라 히데미의 개인 소
장 서적은 이곳에 있는 게 전부라고 봐야 할 것 같았다.

"……두 분은 놀라지 않으시네요."

이소하라 키라라는 나와 시오리코 씨의 얼굴을 번갈아
보며 말했다.

"네?"

"침실에까지 책장을 둘 정도로 책이 있다는 이야기를
하면, 좀 질려하는 사람도 가끔 있거든요. 방금도 공연
한 소리를 했나 싶었어요. 역시 고서점 분들이라?"

시오리코 씨는 말없이 책등을 살펴보고 있었다. 노골적으로 못 들은 척을 하고 있었다. 기타가마쿠라 집 침실에는 '책장이 있는' 정도가 아니었다. 침대와 옷장을 제외한 벽면은 모두 책장이 차지하고 있었다.

물론 그 책장의 책은 모두 시오리코 씨의 장서였다. 신경을 쓰지 않으면…… 아니, 본인에게 신경 좀 써달라고 해도 금방 책이 늘어났다.

"뭐, 그런 셈이죠. 매일 책만 보고 사니까 점점 익숙해지기는 해요."

그녀의 뒷모습을 바라보며 일부러 큰 소리로 말했다. 웃음을 참느라 힘들었다.

"고서 마니아의 침실에 책이 있는 건 그리 드문 일이 아니죠. 제가 잘 아는 사람은……."

"저기, 키라라 씨!"

갑자기 시오리코 씨가 홱 돌아보며 외쳤다. 안절부절 못하는 표정이었다. 놀리는 건 이 정도로 해둬야지.

"남편 분은 책이나 잡지를 처분하는 편이셨나요?"

"아니었어요……. 특히 어릴 적 추억이 담긴 물건은 절대 버리지 않았어요. 일전에 어머님이 보내주신 물건을 받고 초등학교 시절의 수집품을 전부 되찾았다며 좋아했거든요."

"⋯⋯이 공간이 비어 있는데, 뭔가 이유가 있나요?"

시오리코 씨는 구석에 있는 책장 앞에 서서 눈앞의 단을 가리켰다. 아닌 게 아니라 대형본 수십 권은 들어갈 만한 공간이 있었다. 이소하라 키라라는 고개를 갸웃했다.

"어머, 저기 빈 공간이 있었던가⋯⋯"

나도 시오리코 씨의 어깨 너머를 들여다보았다. 아무것도 없는 공간의 양쪽에는 옛날 게임 잡지가 꽂혀 있었다. 『BEEF! 메가드라이브』, 『마루가쓰 PC엔진』 등 방금 전에 이야기했던 전문 잡지의 과월호였다.

잡지치고는 상당히 보존 상태가 좋았다. 가장 오래된 잡지는 1991년에 발행된 것이었고, 그로부터 이삼 년 치는 있는 것 같았다. 내가 초등학교에 입학하기도 전에 나온 잡지다. 이런 게 존재하는지조차 몰랐다.

"아, 맞다!"

느닷없이 이소하라 키라라가 짝, 손뼉을 쳤다.

"이삼 일 전에 선생님 친구가 빌려간 게임과 DVD를 한꺼번에 돌려주러 왔었어요. 박스 하나는 되는 엄청난 양이었는데, 돌아갈 때는 그동안 선생님에게 빌려줬던 게임과 책을 다 회수해갔거든요. 아마 그 친구의 책이나 잡지가 여기 있었을 거예요."

그 이야기를 들은 순간 안경 너머로 시오리코 씨의 눈

이 가늘어졌다.

"그 친구는 어떤 분인가요?"

"선생님이 중학교 때 활동했던 미술동호회의 친구였어요. 졸업한 뒤에도 계속 친하게 지냈고, 우리 집에도 자주 놀러왔어요. 그 사람도 엄청난 게임 오타쿠에 수집가인데, 게임 관련 글도 쓴다고 들었어요. 그리고 라이트노벨 작가이기도 하고요. 이와모토 겐타 씨라고 하는데혹시 아세요?"

나는 모르는 이름이었다. 시오리코 씨는 잠시 생각에잠겼다 입을 열었다.

"……3년 전쯤에 데뷔한 작가 분이시죠? 이듬해에 속편을 내신……."

작품명을 언급하지 않은 건 기억이 나지 않기 때문이리라. 라이트노벨은 워낙 종수도 많고, 비블리아 고서당에서는 적극적으로 매입하지도 않지만, 시오리코 씨가기억하지 못하는 게 신기했다. 작가로서 그리 유명하지않은 건지도 모른다.

"맞아요! 선생님과 제일 친한 친구였는데…… 선생님이 돌아가신 뒤에도 자주 찾아오세요. 제가 괜찮은지 걱정된다고요."

이소하라 키라라는 미소를 지었다. 남편의 친구와 나

름대로 친한 것 같았다.

"혹시 이와모토 씨가 착각해서 선생님의 책을 가져간 걸까요?"

"……그럴 가능성도 있죠."

대답이 나오기까지의 잠깐의 공백을 나는 놓치지 않았다. 아마 단순히 '착각해서' 가져간 게 아니라고 생각하는 것이다.

"그밖에 최근 이 방에 들어온 사람이 있나요?"

"아뇨……. 이와모토 씨 말고는 저밖에 없어요."

"이와모토 씨는 어디 사시는지 아세요?"

"알아요. 선생님이 자주 물건을 주고받아서 주소를 적어놨어요. 분명 요코다이 역 근처였을 거예요."

"지금 바로 연락해주실래요? 급한 일이라 찾아뵙고 말씀드리겠다고."

"네? 지금이요?"

이소하라 키라라의 눈이 휘둥그레졌다. 이제야 보통 일이 아님을 알아챈 눈치였다.

"네. 무척 중요한 일이에요."

시오리코 씨가 단호하게 말했다.

"부탁드립니다."

이와모토 겐타에게 메일을 보내자, 오늘은 집에 있으니 와도 좋다는 답장이 왔다. 하지만 시오리코 씨는 약속을 잡은 이소하라 키라라에게는 집에 있으라고 부탁했다.

"지금은 자세히 말씀드릴 수 없지만, 일단 저희 둘만 찾아뵐게요. 사정은 나중에 꼭 말씀드리겠습니다."

키라라는 자기가 가보지 않을 수 없다, 이유를 알려달라고 말했지만 시오리코 씨는 물러서지 않았다. 깊은 사정이 있음을 헤아렸는지, 무슨 일이 있으면 바로 연락을 줄 것과 이야기가 끝나면 바로 모두 설명해줄 것을 조건으로 달고 우리를 보냈다.

"어찌된 일인지 알려줄래요?"

네기시 선 열차에 올라탄 뒤에야 나는 시오리코 씨에게 물었다. 연말연시로 쉬는 회사가 많은지, 차안에는 거의 승객이 없었다. 늦은 오후, 태양이 서쪽으로 기울기 시작하고 있었다.

"뭐, 대충 짐작은 가지만요. ……이와모토 겐타라는 사람이 그 집에서 책을 훔쳤을지도 모른다는 거죠?"

"……확증은 없지만요."

시오리코 씨가 무거운 목소리로 중얼거렸다.

"책장에 있던 『BEEF! 메가드라이브』와 『마루가쓰 PC 엔진』은 1989년에 창간했어요. 창간호와 그 직후의 권호가 없더군요."

"1991년부터 사 모으기 시작했다는 건…… 아, 그랬지."

이소하라 키라라는 남편이 메가드라이브와 PC엔진 전문 잡지를 '창간호부터' 샀다고 말했다. 창간호가 없는 건 부자연스럽다.

"여름에 본가에서 보낸 물건이 도착했을 때, 히데미 씨는 '초등학교 시절의 수집품을 전부 되찾았다'고 했어요. 애초에 수집품을 버리지 않는 성격이라, 직접 모은 게임 관련 서적은 모두 그 방에 가져다 놓았죠. ……한마디로 그 책장에 창간호가 있었을 거예요. 창간 당시의 과월호는 특히 귀해서, 게임 마니아에게는 보물이나 다름없죠."

그랬군. '게임 관련 글을 쓰는' 직업을 택했을 정도의 마니아라면, 소장하고 싶어질 법도 하다.

"잡지 과월호가 추억의 책일까요?"

"그건 모르겠어요. 그 사람이 가져간 책 중에 있을 가능성은 크지만……. 있다고 해도 우리가 찾아낼 수 있을지 모르겠네요. 이번 의뢰는 좀 어려워요."

그 말뜻을 헤아려보고 있는데, 시오리코 씨가 알아서 설명해주었다.

"'추억의 책'을 직접 본 사람은 당사자인 히데미 씨와 미키 씨밖에 없어요. 히데미 씨는 돌아가셨고, 미키 씨는 기억을 못 하세요……. 그러면 제삼자로서는 알아볼 방법이 없죠.

우리가 할 수 있는 일은 최대한 비슷한 책을 가지고 가서 미키 씨가 기억을 되찾도록 돕는 것뿐이죠."

"……그렇겠네요."

듣고 보니 당연한 이야기였다. 의뢰한 이소하라 미키 본인도 모르는 걸 제삼자인 우리가 찾아내는 것엔 한계가 있었다.

"키라라 씨가 들려준 이야기에서 힌트를 얻기는 했지만, 제 해석이 옳은지……."

거실에서 울음을 터뜨린 그녀의 모습이 머릿속에서 떠나지 않았다. 결혼해서 채 일 년도 지나지 않아 배우자를 잃었다. 지금 내가 시오리코 씨를 잃는다면. 상상만 해도 가슴이 에였다. 과연 나였다면 사이도 좋지 않은 시어머니의 '추억의 책' 찾기에 협조할 수 있을까?

불현듯 어떤 가능성이 떠올랐다.

"그 부인이 거짓말을 했을 가능성은 없을까요?"

짐작 가는 데가 없다, 자기도 보고 싶다고 말은 했지만, 실은 몰래 숨겨놓고 있는 게 아닐까? 그녀 역시 상당한 게임 마니아다. 그 '추억의 책'이 희귀품이거나, 남편과의 추억이 담긴 책이라면 충분히 있을 법한 이야기다.

실제로 이소하라 미키는 그런 의심을 하고 있었다.

이와모토의 이름을 언급한 것도 우리의 눈을 자신에게서 멀어지게 하기 위해서일지도 모른다. 이렇게 생각하면 일단 앞뒤는 맞는다.

"없다고 단언할 수는 없지만, 가능성은 적다고 생각해요."

시오리코 씨가 조용한 목소리로 대답했다.

"이유는요?"

"키라라 씨가 '추억의 책'을 숨겼다면, 그렇게 모르는 척을 할 필요가 없어요. 다른 책을 내밀며 '이게 추억의 책이에요'라고 우기면 되죠. 생전 남편 분에게 그렇게 들었다고 하면 간단히 해결되고, 달리 확인할 방법도 없으니까요."

"다른 책이라 해도, 시어머니가 보면 금방 들통이…… 아, 그 문고본이 있었지!"

로제 카이와의 『놀이와 인간』. 그 책 역시 어머니가 아들에게 사준 '게임에 관련된 책'이라 할 수 있었다. 이소하라 미키에게 가져가면 본인이 선물했다는 사실은 기억해낼 테고, '대학 시절에 읽고 소중히 간직했다'라고 이야기하면 납득하지 못할 것도 없다. 그러면 이소하라 키라라는 아무에게도 의심받지 않고 그 책을 소유할 수 있는 것이다.

시오리코 씨의 말대로 그녀가 거짓말을 했을 것 같지는 않았다. 나는 가슴을 쓸어내렸다.

"지금으로서 말할 수 있는 건, 키라라 씨가 '추억의 책'을 숨겼을 가능성이 적다는 것, 이와모토 씨라는 분이 이소하라 히데미 씨의 수집품 일부를 가져갔을 가능성이 크다는 것뿐이에요. 우리가 해야 할 일은 그 수집품을 되찾는 거지만……."

시오리코 씨는 집게손가락으로 관자놀이를 누르며 눈을 꼭 감았다.

"문제는 어떻게 되찾느냐는 거죠……."

이와모토가 사는 집은 요코다이 역 근처의 공동주택이었다.

언제 철거되어도 이상하지 않을 만큼 낡은 목조 주택이었다. 회색의 벽은 지저분했고, 계단과 방범창에도 녹이 슬어 있었다. 수분을 빨아들인 빈지문의 두껍닫이가 울어 있었다.

초인종이 없어서 문을 두드리자 기다렸다는 듯 문이 열렸다. 밑단이 헤진 청바지에 색이 바랜 트레이너 차림의 키 큰 남자가 얼굴을 내밀었다. 머리카락은 제멋대로 뻗쳐 있었지만, 이목구비가 뚜렷한 생김새에 면도도 깔

끔하게 했다. 하지만 목울대 언저리에 남은 희미한 핏자국을 보아하니 연락을 받고 다급히 한 것 같았다.

"처음 뵙겠습니다. 이소하라 키라라 씨의 소개로 찾아왔습니다……. 비블리아 고서당의 시노카와와 고우라입니다."

긴장했는지 시오리코 씨는 고개를 숙인 채 중얼거리듯 말했다.

"아, 네……. 키라라는 같이 안 왔습니까?"

남자는 당혹스러워하면서도 지인을 찾고 있었다.

시오리코 씨는 눈을 슬쩍 들어 상대와 시선을 맞췄다.

"이소하라 히데미 씨가 소장하셨던 책에 관해서 긴히 드릴 말씀이 있어서 찾아뵈었습니다."

친구의 이름을 들은 순간, 차가운 얼음에 닿은 듯 이와모토의 표정이 굳어졌다.

"……여기서 이야기하기도 뭣하니 들어오시죠."

이와모토는 말이 끝나자마자 안으로 들어갔다. 우리는 비좁은 현관을 지나 집 안으로 들어갔다. 전형적인 원룸으로, 부엌을 지나 다다미방이 있었다. 보이는 곳은 정리되어 있었지만, 살짝 열린 욕실 문 너머로 반투명의 쓰레기봉투가 여럿 보였다. 서둘러 청소한 모양이었다.

안쪽 다다미방에 들어갔다. 벽 쪽에 컴퓨터용으로 쓰

는 낮은 테이블과 좌식 의자가 제일 먼저 눈에 들어왔다. 한눈에도 글 쓰는 사람의 방임을 알 수 있었다. 벽을 가리는 높다란 책장이 놓여 있는 건 이소하라 히데미의 방과 같았다. 만화나 게임 소프트, 소설책이 난잡하게 꽂혀 있었지만, 전체적으로 듬성듬성 빈 공간이 많았다.

이와모토는 방 한가운데에 놓인 고타쓰 앞에 앉아 있었다. 그 옆에 앉으려는데 뒤집어 놓은 문고본이 눈에 들어왔다. 우리가 오기 전까지 읽고 있던 모양이었다.

후시미 츠카사 『내 여동생이 이렇게 귀여울 리가 없어』. 문외한인 나도 제목을 아는 인기 라이트노벨 시리즈였다. 책갈피 대신 끼워놓은 영수증에 다키노 북스라는 상호가 보였다. 그러고 보니 라이트노벨도 취급했다. 다키노 북스가 있는 고난다이는 요코다이의 옆 동네라 여기서 멀지 않다.

갑자기 시오리코 씨가 스마트폰을 꺼내 화면을 보았다.

"죄송한데 메시지 확인 좀 하고 올게요."

작은 소리로 말하더니 방을 나갔다. 상황을 묻는 이소하라 키라라의 메시지일지도 모른다. 남겨진 나는 하는 수 없이 고타쓰에 들어갔다.

"용건이 뭡니까?"

이와모토가 물었다. 시오리코 씨는 아직 돌아오지 않

앉다. 하는 수 없이 헛기침을 한 뒤 간략하게 상황을 설명했다. 이소하라 미키의 부탁으로 아들과의 추억이 담긴 책을 찾고 있다. 오후나의 집에 가봤지만, 그 비슷한 책은 찾지 못했다. 거기까지 이야기했을 때 시오리코 씨가 돌아왔다. 고타쓰 위에 놓인 라이트노벨에 시선이 옮겨갔다.

안경 너머의 눈동자에 강한 빛이 깃들었다. 여느 때와 다른, 책 이야기를 시작할 때의 눈빛이었다.

"라이트노벨을 읽으세요?"

느닷없는 질문에 순간 당황했다. 이와모토는 살짝 표정을 누그러뜨리고 의기양양하게 대답했다.

"실은 라이트노벨을 씁니다. 출판사와 머리를 맞대고 신작 준비 중이거든요. 잘 팔리는 작품은 바로바로 연구해둬야…….."

"『내 여동생이 이렇게 귀여울 리가 없어』 1권이 나온 건 2008년 8월이었어요. 3년도 전이죠."

시오리코 씨가 싸늘한 목소리로 상대의 말을 끊었다.

"고서점에서 저렴하게 구입하는 건 개인의 자유지만, 작가에게 돌아가는 인세는 없지 않을까요?"

삑, 소리와 함께 공기가 흔들렸다. 이와모토의 표정이 험악해졌다.

"······당신들도 헌책 장사잖아. 출판업계에 기생하는 벌레들이 뭐가 잘났다고 큰 소리야?"

순식간에 다른 사람처럼 말투가 바뀌었다. 이쪽이 본모습에 가까우리라.

"맞는 말씀이세요. 제가 실수했습니다."

시오리코 씨는 공손하게 고개를 숙였다. 이런 이야기를 왜 하는 건지, 그 의도를 짐작할 수가 없었다. 상대를 일부러 화나게 한 것으로밖에 보이지 않았다.

"아까 이야기 들으셨을 줄 압니다만, 저희는 이소하라 미키 씨의 의뢰로 책을 찾고 있습니다. 얼마 전에 빌린 책과 게임을 받으러 히데미 씨의 작업실에 들어가셨다고요. 뭔가 이상한 점은 없었나요?"

"딱히······. 이소하라에게 빌린 걸 반납하고 내 물건을 가지고 돌아왔을 뿐이야."

"이와모토 씨는 구체적으로 어떤 물건을 받아오셨죠?"

"대부분 플스나 새턴 게임하고 공략본이었어. 가끔 옛날 게임을 하고 싶어 해서, 내가 공략본하고 게임하고 같이 빌려줬거든. 옛날에는 공략본 같은 건 안 보더니, 지금은 시간이 없다면서."

"가져가신 물건을 좀 볼 수 있을까요?"

이와모토의 미간이 깊이 파였다. 가늘게 뜬 두 눈이 시오리코 씨를 노려보고 있었다.

"그건 왜?"

"『BEEP! 메가드라이브』와 『마루가쓰 PC엔진』 과월호가 작업실에서 없어졌거든요. 혹시 가져가신 물건 중에 잘못 섞여 들어간 게 아닌가 해서요."

"난 모르는 일이야. 전부 내 물건이었어."

"하지만 키라라 씨의 말로는 지난 며칠 동안 히데미 씨 작업실에 들어간 분은 이와모토 씨밖에 없다고 했어요."

시오리코 씨의 목소리는 냉정했다. 이와모토는 발끈해 입을 벌렸지만, 결국 말을 잇지 못했다. 흥분을 가라앉히듯 머리카락을 쓸어 올리며 천장을 바라보는 그 입술에는 어느샌가 희미한 미소가 번져 있었다.

"……키라라가 잡지가 없어졌다는 얘기를 한 게 아니지?"

이번에는 시오리코 씨의 말문이 막힐 차례였다. 훔쳐간 물건을 되돌려 받을 방법을 고민했던 이유를 이제는 나도 알 것 같았다. 이소하라 키라라는 어떤 잡지가 없어졌는지도 몰랐다. 도둑맞았다는 것을 증명할 방법 자체가 없는 것이다.

"하지만 없어진 건 사실이에요. 이소하라 씨의 집에 없으면, 이 집에 있겠죠."

"내가 훔쳤다는 소리야?"

"아뇨, 그렇게 말씀드리진 않았어요. 실수로 가져가셨을지도 모른다고, 아까부터 말씀드렸습니다."

"그게 그거지! 난 그런 잡지 본 적도, 건드린 적도 없어!"

이와모토는 언성을 높이며 고타쓰를 내리쳤다. 나는 재빨리 시오리코 씨의 옆으로 이동했다. 만일 폭력을 휘두르려 한다면, 곧바로 제압할 작정이었다.

"그럼 이 방을 둘러봐도 될까요?"

시오리코 씨는 여전히 침착한 목소리로 말했다.

"뭐?"

"방금 본 적도, 건드린 적도 없다고 하셨죠. 거짓말입니다. 전 자신 있어요……. 반드시 어딘가에서 없어진 물건이 나올 거예요."

"경찰 부를까?"

"뜻대로 하세요."

태연하게 대답하는 시오리코 씨를 보며 나는 식은땀을 흘렸다. 만일 경찰을 부르면 우리 쪽이 압도적으로 불리했다. 남의 집에 쳐들어와 방을 뒤져보겠다는 생떼를 쓰는 건 우리였으니까.

불현듯 시오리코 씨가 이를 악물고 있다는 사실을 알아챘다. 얼굴에도 핏기가 없었다. 잔뜩 긴장했지만 필사적으로 티를 내지 않으려는 것이다.

이와모토는 쳇, 혀를 차며 스마트폰을 꺼냈지만, 갑자기 비열한 미소를 지으며 시오리코 씨를 보았다.

"뒤져서 안 나오면 어쩔 건데?"

"뭐든 할게요."

"호오, 뭐든? 진짜지?"

"네."

남자의 미소가 한층 짙어졌다. 시오리코 씨를 뚫어져라 바라보고 있었다. 머리에 피가 확 쏠렸다. 무슨 상상을 하는지 말하지 않아도 알 수 있었다.

"5분 주지."

이와모토는 상기된 얼굴로 내뱉었다. 말도 안 되는 소리였다. 하지만 내가 거절하기 전에 시오리코 씨는 고개를 끄덕였다.

"알겠습니다."

"안 돼요."

나는 고개를 저었다. 화가 났기 때문만은 아니었다. 5분이라는 시간을 조건으로 내건 걸 보면, 어지간히 찾기 힘든 곳에 숨겼든지, 이 집 밖에 숨겨놨든지 둘 중 하나였다.

시오리코 씨가 내 손을 꼭 잡았다. 그리고 몸을 내밀어 내 귓가에 속삭였다. 이런 상황에서도 뜨거운 숨결에 가습이 뛰었다.

"괜찮아요. 날 믿어요."

그녀의 얼굴을 가까이서 들여다보았다. 지금까지 여러 차례 보아온, 책에 얽힌 수수께끼를 풀 때만 보이는 자신만만한 눈동자였다. 하는 수 없었다. 나도 각오를 굳혔다. 지금은 그녀의 뜻에 따르자. 만일의 경우에는 가로막고 그녀를 지키면 된다.

"……어딜 찾으면 됩니까?"

내 물음에 시오리코 씨는 잠시 생각한 뒤 등 뒤의 장지문을 가리켰다.

"저기 벽장을 찾아주세요. 저는 부엌 쪽을 찾아볼게요."

1DK의 넓이에서는 수십 권도 있는 잡지를 숨길 장소는 한정되어 있다. 벽장도 물론 그중 하나다.

나는 문을 열었다. 아랫단에는 의류함과 이불 등 생활에 필요한 세간살이를 넣어두었지만 윗단은 의외로 비어 있었다. 박스 몇 개와 선풍기 등의 가전제품을 놓아둔 정도였다. 상자 안에는 고장 난 컨트롤러나 게임기 부품 같은 기판 등의 잡동사니밖에 없었다. 의류함과 이불 사이도 확인했지만 잡지 비슷한 것은 없었다.

"2분 남았어!"

등 뒤에서 쏟아지는 우렁찬 목소리에 조바심이 났다. 벌써 3분이나 지나다니. 벽장 안은 쥐 잡듯이 뒤졌다. 이제 남은 건 하나밖에 없다.

나는 벽장 안으로 들어가 천장으로 이어진 상판을 들어올렸다. 낡은 목재와 습한 먼지 냄새가 코를 찔렀다. 스마트폰을 켜서 불을 비춰봤지만 책 형태의 물건은 빛이 닿는 범위 안에서는 보이지 않았다.

애초에 내가 머리를 들이민 구멍 주변에는 먼지가 잔뜩 쌓여 있었다. 적어도 지난 몇 년 동안 누군가가 위에 올라온 흔적은 없었다.

"5분 지났어! 타임 오버야!"

이와모토의 들뜬 목소리가 울려 퍼졌다. 나는 하는 수 없이 상판을 제자리에 돌려놓고 벽장에서 나왔다. 어쩌면 시오리코 씨가 발견했을지도 모른다.

시오리코 씨는 부엌 싱크대 앞에 앉아서 얼굴과 손을 수납장 안쪽에 넣고 있었다.

"이제 그만해. 빨리 나와."

이와모토의 닦달에 시오리코 씨는 마지못해 일어났다. 그 손에는 아무것도 없었다. 그녀 역시 찾아내지 못한 것이다.

"없어진 물건은 찾았나?"

시오리코 씨는 고개를 숙인 채 대답하지 않았다. 이와모토는 승리자의 미소를 지었다.

"건방진 여자가 사람을 도둑 취급이나 하고……. 먼저 무릎부터 꿇어야지?"

여기서 나가자. 그렇게 결심했다. 책을 찾지 못한 건 아쉽지만, 파트너의 안전보다 중한 건 없다. 나는 조심스레 현관 쪽으로 이동했다. 퇴로를 확보하기 위해서였다. 동시에 언제든 두 사람 사이에 뛰어들 자세를 취했다.

이런 놈 마음대로 하게 둘까 보냐.

"……습니다."

시오리코 씨의 입술 사이로 목소리가 새어나왔다. 그리고 고개를 들어 이와모토를 똑바로 바라보았다.

"무릎 꿇을 일 없습니다."

"뭐? 이 여자가……."

"없어진 책은 이미 찾았어요. 곧 이곳에 도착할 겁니다."

말이 끝나자마자 노크 소리가 울려 퍼졌다. 그 자리에 있던 모두가 문 쪽으로 고개를 돌렸다.

"열려 있어요. 들어오세요."

시오리코 씨가 멋대로 대답하자, 힘차게 문이 열렸다. 검은 스웨터에 앞치마를 두른 남자가 박스를 안고 들어왔다. 여느 때처럼 옅게 턱수염을 기르고 있었다.

"렌조 씨?"

나는 놀라 외쳤다.

"고우라도 같이 있었네. 그럴 거라고 생각은 했지만."

다키노 북스의 다키노 렌조는 그렇게 말하며 부엌 바닥에 상자를 내려놓았다.

"여긴 어떻게 알고 오신 겁니까?"

"어떻게라니. 시노카와가 연락했으니까 왔지. 지난 이삼 일 동안 우리 가게에 장물이 반입되었을지도 모른다. 혹시 팔려고 내놨으면 회수해서 이리로 가져와 달라길래 그 말대로 한 건데."

그렇게 말하더니 다키노 렌조는 이와모토를 향해 조소를 날렸다.

"이와모토 씨. 지난번에는 귀한 책을 팔아주셔서 감사했습니다. 장물이 아니었다면 더 감사했을 텐데요."

그 말에 이와모토는 창백해진 얼굴로 우두커니 서 있었다. 나도 그제야 사정 파악이 됐다.

이와모토는 고인의 작업실에서 훔친 책을 다키노 북스에 팔아치웠다. 그리고 라이트노벨 문고본을 사서 돌아왔다. 문고본을 보고 사정을 짐작한 시오리코 씨는 다키노에게 연락을 취한 것이다. 누군가의 메일에 답장을 한다는 구실로 자리를 비운 건 그 때문이리라.

그 후의 대화나 책 찾기는 모두 다키노가 도착할 때까지 시간을 벌기 위해서였다. 아니, 예외가 하나 있다. 일부러 이와모토의 화를 돋우어 끌어낸 발언이다.

"아까 분명히 말씀하셨죠. 그런 잡지는 본 적도, 건드린 적도 없다고요."

시오리코 씨는 그렇게 말하며 바닥에 놓인 박스를 열었다. 가장 위에 파란 드래곤 일러스트가 인쇄된 잡지가 놓여 있었다. 『마루가쓰 PC엔진』. 잡지 이름 밑에는 작게 '창간호'라고 적혀 있었다.

"제 말대로 없어진 물건이 나왔네요……. 이제 이야기를 좀 들어볼까요?"

"너희하고 일 관계로 엮이면 좋게 끝나는 법이 없어. 장물이라니……."

현관에서 신발을 신으며 다키노는 씁쓸한 표정으로 말했다.

"번거롭게 해서 죄송해요."

시오리코 씨가 쭈뼛거리며 고개를 숙였다. 다키노는 웃음을 터뜨리며 손사래를 쳤다.

"뭘 그렇게 진지하게 받아. 농담이야. 우리도 장물을 팔기 전에 알아서 다행이고."

그러더니 방 안쪽에 움츠린 이와모토를 향해 턱을 까닥했다.

"요 반년 동안 희귀한 게임이나 공략본을 자주 팔러 왔더라고. 감이 좋은 손님인 줄 알았는데……. 그게 아니라 주머니 사정이 안 좋았는지도 모르겠군."

듣고 보니 이 방에는 게임 컬렉션 같은 건 거의 없었다. 책장과 벽장 안은 거의 비어 있었다. 최신 게임기조차 없었다. 이소하라 키라라는 이와모토가 게임 관련한 글을 쓰는 수집가라고 했는데.

"돈 문제는 내년에 얘기하기로 하고, 이 건이 끝나면 연락 줘. 그럼 내년에 보자."

출장 매입이 있다는 다키노가 떠난 뒤, 우리는 안쪽 방으로 돌아갔다. 이와모토는 넋 나간 사람처럼 창가에 기대 있었다.

"미안해요."

둘이서 상자를 열어 내용물을 확인하는데, 시오리코 씨가 속삭였다.

"네? 뭐가요?"

"다이스케 군에게 내 생각을 설명할 시간이 없어서…… 쓸데없이 벽장을 뒤지게 했잖아요."

"괜찮아요. 다 알아요."

어설프게 설명했다간 상대가 눈치챘을지도 모른다. 딱히 방법이 없었다. 그렇지만 신경 써 주는 게 기뻤다.

"당신들, 꽤 친해 보이는데. 둘이 사귀어?"

이와모토가 말을 걸었다. 나는 손을 내밀어 결혼반지를 보였다. 어째서인지 시오리코 씨도 진지한 얼굴로 같은 포즈를 취했다. 둘이서 이럴 필요는 없을 것 같은데.

"결혼이라……."

아무것도 없는 자신의 손가락을 바라보며 이와모토가 중얼거렸다. 창문으로 쏟아져 들어오는 저녁햇살이 그의 옆얼굴을 비췄다. 살짝 코를 훌쩍이며 이와모토는 말했다.

"……죽어버리지."

그 혼잣말에 누구보다 당황한 건 이와모토 자신이었다. 겁먹은 눈동자로 세차게 고개를 저었다.

"아냐, 진심으로 죽었으면 좋겠다고 생각한 적 없어. 그저 좀 말이 잘못 나왔을 뿐이야. ……아무한테도 말하지 마."

아무한테도, 라는 말이 이소하라 키라라에게도, 라고 들렸다. 나도, 시오리코 씨도 대답하지 않았다. 그러자 침묵을 메우려는 듯 이와모토가 말문을 열었다.

"애초에 이소하라와 약속한 게 있어. 만일 둘 중 한 명이 먼저 죽으면, 나머지 한 명이 유품 중에 원하는 걸 가져가기로 하자고. 그래서 녀석의 책을 내가 가져도 문제는 없었지. 그런데 추억의 게임 책 같은 말도 안 되는 얘기를 어머니한테 하는 바람에, 아무리 기다려도 유품 정리를 안 하는 거야. 월말에 여기저기 돈 나갈 데가 많고, 이 집 재계약도 코앞이라…….”

“잠깐만요.”

시오리코 씨가 이와모토의 이야기를 끊으며 물었다.

“말도 안 되는 얘기라는 게 구체적으로 무슨 뜻이죠?”

이와모토는 삐뚜름하게 웃으며 말했다.

“당연하지. 상대는 그 이소하라 여사라고……. 당신들은 잘 모르겠지만, 본인이 이해할 수 있는 교양이 절대적이라고 생각하는 분이시지. 그런 교양과 상관없는 게임 책을 사줄 리가 없잖아.”

나는『놀이와 인간』을 떠올렸다. 아들의 취향에 맞추겠다고 애쓴 결과가 그 책이다. 이른바 텔레비전 게임 자체에 관련된 책을 이소하라 미키가 사줬다는 건 분명 상상하기 힘들었다. 우리도 계속 이상하게 여긴 점이었다.

“하지만 추억의 책을 발견했다고 말씀하신 건 히데미 씨 본인이에요.”

“고약한 농담이겠지. 어머니가 고민할 문제를 던져 놓고 반응을 즐기려던 거 아냐? 의외로 성격 안 좋은 놈이었으니까."

"그게 무슨 말씀이죠?"

"난 옛날부터 그림도 좋아했지만, 글을 쓰거나 이야기를 만드는 쪽을 더 잘해서…….."

"그런 얘기는 안 궁금하니 질문에 대답해주세요."

시오리코 씨의 말에도 아랑곳하지 않고 이와모토는 이야기를 계속했다.

"끝까지 좀 들어봐……. 중학교 미술동호회를 같이 할 때, 녀석은 자주 나한테 말했어. 만일 이와모토가 소설가로 데뷔하면 꼭 자기가 표지를 그리겠다고. 그때까지 프로 일러스트레이터가 될 수 있도록 노력하겠다고."

그야말로 중학생다운 장래 희망이었다. 하지만 꿈을 실현시킬 수 있는 사람은 거의 없으리라. 이소하라 히데미는 물론, 이와모토도 일단 프로로 데뷔하기는 했으니 그 점은 순수하게 대단하다고 생각한다.

"실제로 녀석이 먼저 프로가 됐고, 나도 작은 출판사의 신인상을 타서 데뷔하게 됐어. 담당 편집자하고 상의해서 일러스트 오퍼를 냈어. 그랬더니 스케줄이 꽉 차서 어렵겠다는 거야. 라이트노벨 일러스트가 판매량에 얼마나 영향을 미치는지 나보다 더 잘 알면서……. 응원 일러스트를 그려줄 테니까 봐달라고."

"정말 바빠서 그런 게 아닌가요?"

나 역시 시오리코 씨와 같은 생각이었다. 그래도 응원 일러스트를 그려준다고 했으니, 충분히 도리는 다한 거 아닌가?

"아니!"

이와모토는 버럭 외치며 창문을 쾅 쳤다. 유리창이 불길한 소리를 내며 삐거덕거렸다.

"난 알아. 잘나가는 일러스트레이터가 약소 출판사의 신인작가와 같이 작업하고 싶지 않았던 거지!"

실내는 정적에 휩싸였다. 이와모토는 화들짝 놀란 얼굴로 방을 둘러봤다. 자신이 친구에게 화낼 입장이 아니라는 사실을 떠올린 모양이었다.

"좌우지간 이 바닥에 완전무결한 '좋은 사람' 같은 건 없다는 소리야……. 하나 부탁이 있는데."

이와모토는 무릎을 꿇은 채 우리 쪽으로 다가왔다.

"내가 그 집에서 책을 가지고 나왔다는 얘기, 키라라 한테는 비밀로 해주면 안 될까? 어쨌든 책은 무사히 찾았잖아. 당장은 어렵겠지만, 돈은 내가 책임지고 다키노 북스에 돌려줄 테니까."

더 이상 듣고 있을 기분이 아니라 우리는 상자 내용물을 확인하기 시작했다. 자세히 보니 잡지 밑에도 뭔가 있는 것 같았다.

"키라라를 슬프게 하기 싫어. 날 믿을 수 있는 사람이라 생각하고, 정말 착한 애란 말이야. 나한테도 귀여운 동생 같은……."

상자 밑에서 나온 대형본에 나는 눈이 휘둥그레졌다. 게임 관련 책이기는 하지만, 처음 보는 종류였다. 이런 책도 있구나.

"역시 여기 있었네요……. 그럴지도 모른다는 생각은 했는데."

시오리코 씨가 말했다. 예상은 했던 모양이었다. 책을 들어 안을 확인했다. 그렇다면 혹시 이 책이…….

"이와모토 씨."

그렇게 말하며 시오리코 씨는 그 책을 덮고 상자에 다시 넣었다.

"키라라 씨가 당신을 믿은 건 존경하는 남편의 친구이기 때문이에요……. 그리고 히데미 씨가 유품을 나눠주겠다고 한 건, 당신이라면 자신의 소중한 물건을 맡겨도 된다고 생각했기 때문입니다. 만일 이와모토 씨가 먼저 세상을 떠났다면 그 유품을 소중히 보관했겠죠. 아무리 생활이 어려워지더라도."

"당신이 이소하라를 알아? 만나본 적도, 이야기해본

적도 없으면서."

"네, 그렇죠."

시오리코 씨는 상자를 덮고 천천히 일어났다.

"하지만 저는 그렇게 믿어요. 정말 유감입니다. 제 생각이 옳다는 걸 확인할 방법이 이제는 없다는 게……. 가요, 다이스케 군."

이와모토는 말문이 막힌 눈치였다.

나는 상자를 들고 일어났다. 이제 이 집에 볼일은 없다. 우리는 밖으로 나왔다. 문을 닫는 그 순간까지 이와모토는 주저앉은 채 돌이 된 것처럼 움직이지 않았다.

그로부터 이와모토 겐타가 어떻게 되었는지 우리는 모른다. 그 뒤로 아무와도 연락이 닿지 않았고, 집에 찾아가보니 이미 이사한 뒤였다. 본가를 알아내 연락해봤지만, 몇 년 동안 소식을 끊고 살았다는 말뿐이었다.

하지만 다키노가 연초에 가게 문을 열려는데, 우편함에 현금이 든 봉투가 넣어져 있었다고 했다. 이와모토에게 지불한 책값과 같은 금액이었다.

이소하라 키라라는 경찰에 피해 신고를 하지 않았다. 이와모토가 남편의 소중한 물건을 훔쳐 팔았다는 사실은 슬프지만, 화는 나지 않았다고 했다.

"선생님의 장례식이 끝나고, 너무 힘들어서 죽고 싶었을 때, 제 곁을 한시도 떠나지 않았어요. 밥도 해주고, 산책도 데려가줬죠……. 가족들도 그렇게까지 해주지는 않았거든요. 오빠가 있으면 이런 기분일까 했어요."

그러고 보니 이와모토도 키라라를 동생 같다고 했다. 엉큼한 속내인 줄 알았는데, 진심으로 위로하거나 배려하는 마음도 분명 있었던 모양이다.

이와모토가 완전무결한 '좋은 사람'은 없다고 말했을 때, 나는 그 뒤에 이어지는 말을 떠올렸다. 완전한 악인도 이 세상에는 없다는 말을.

어찌 되었든 우리와는 이제 다시 볼 일 없는 사람이다. 지금도 가끔 이와모토 겐타의 이름을 인터넷에서 검색해보지만, 비슷한 인물이 소설가나 필자로 활동한 흔적은 찾을 수 없었다.

자, 다시 2011년 연말로 돌아가자. 12월 31일 오전, 우리가 의뢰인 이소하라 미키를 찾아갔을 때의 일을 마지막으로 이야기를 마무리하려 한다.

"너도 같이 왔니."

전망이 탁 트인 널찍한 거실로 들어선 우리를 보고 이소하라 미키는 굳은 목소리로 말했다. 아들의 아내이자 며느리에게 하는 말이라기보다는 우리에게 설명을 요구하는 것 같았다. 이소하라 키라라는 허리를 곧게 펴고 소파에 살짝 앉아 있었다.

"아, 네. 따라왔습니다!"

레버를 내리듯 이소하라 키라라는 뻣뻣하게 고개를 끄덕였다. 긴장한 기색이 역력했다. 시오리코 씨가 말을 받았다.

"히데미 씨는 '추억의 책'을 여기서 두 분께 보여드릴 생각이셨어요. 키라라 씨는 무슨 책인지 모릅니다."

키라라가 책을 감췄던 게 아니라는 점을 강조하려 했지만, 의뢰인은 아무 대답도 하지 않았다.

"저희는 히데미 씨가 계획했던 일들을 최대한 재현하고 싶었습니다. 키라라 씨와 함께 와서 두 분께 책을 보여드리려 했던 것에도 분명 의미가 있을 테니까요."

"그게 무슨 소리죠?"

"그것도 차차 설명 드리겠습니다. 일단은……."

시오리코 씨가 눈짓으로 신호를 보냈다. 세련된 디자인의 유리 테이블에 가져온 상자를 올려놓았다. 이런 데 올려놓는다고 화를 내지 않을까 걱정했는데, 다행히도 이소하라 미키는 아무 말도 하지 않았다. 물론 내용물은 이 저택에서 발견해 오후나로 보낸 이소하라 히데미의 물건이다. 이와모토 겐타에게서 되찾아온 물건에, 고인의 작업실에 있던 책 몇 권을 더한 것이다.

"지금부터 보여드릴 건 히데미 씨가 어릴 적부터 소장했던 게임에 관련된 책입니다. 기억하시는 물건이 있으시면 말씀해주세요."

이소하라 미키는 두 손을 마주하며 몸을 내밀었다. 나는 상자에서 낡은 『BEEF! 메가드라이브』와 『마루가쓰 PC엔진』 창간호를 꺼내 먼지 한 톨 없는 유리 위에 올려놓았다.

"기억에 없네요."

이소하라 미키는 고개를 저었다. 다른 과월호도 마찬가지였다. 이어서 게임을 만화화한 책을 몇 권 꺼냈다. 의뢰인은 아무런 반응도 없었다. 키라라의 눈이 반짝거렸지만, 분위기를 파악하고 가만히 있었다.

"……이제 남은 건 한 권뿐입니다."

나는 상자를 들여다보며 말했다. 이와모토가 팔아치우려 한 잡지를 제외한 마지막 한 권이었다. 순간 시오리코 씨와 눈을 맞췄다. 그녀의 말로는 이 책이 추억의 책이라고 했다. 만일 아니라면, 우리가 한 일들은 모두 허사로 돌아가리라.

나는 짧게 숨을 내쉰 뒤 책을 꺼냈다.

얇은 대형본의 하얀 하드커버 표지에는『파이널판타지 5 피아노 컬렉션즈』라는 제목이 적혀 있었다. 표지에 있는 둥근 구멍에는 같은 제목의 CD가 끼워져 있었다. 비닐 커버를 씌웠기 때문인지 책 상태는 상급이었다.

"이게 뭔가요! 처음 봐요! 이런 게 집에 있었다고요?"

이소하라 키라라가 놀란 목소리로 외쳤다. 흥분한 나머지 두 손으로 테이블을 짚은 채 내 어깨 너머로 책을 들여다봤다.

"CD북이던가요? 그런 거예요? 사운드트랙인가요, 이 CD?"

"아뇨."

시오리코 씨가 고개를 저었다.

"그 CD는 견본이에요……. 연주용."

"연주?"

책 내용을 보여주는 편이 빠를 것 같았다. 나는 책을 펼쳤다.

인쇄된 것은 글자나 일러스트가 아닌, 악보였다.

"피아노 악보집이에요. 『파이널판타지 5』에 등장하는 곡을 피아노 버전으로 편곡한, 초심자 대상의 악보죠. 1993년에 출판됐어요. 당시에는 게임 음악 악보가 출판되는 일이 드물지 않았어요. 이『피아노 컬렉션즈』전후로 『파이널판타지 4』나 『파이널판타지 6』도 출판되었지만, 모두 현재에는 희소가치가 높죠."

그렇게 때문에 이와모토는 게임 잡지 과월호와 함께 이 책을 훔친 것이다. 이소하라 미키가 아들에게 사줬을 가능성은 전혀 고려하지 않은 것 같지만.

"히데미 씨가 토크이벤트에서 키라라 씨의 신청곡을 받아 『파이널판타지 5』의 곡을 피아노로 연주했다는 이야기를 들었을 때 마음에 걸리는 점이 있었어요."

시오리코 씨의 설명을 들으면서 나는 의뢰인의 표정을 살폈다. 말없이 이야기에 귀를 기울이고 있었다. 부정하지 않는다는 건 이 책이 맞다는 거다. 하지만 뭔가 마음에 걸리는 게 있는 것 같았다.

"키라라 씨 말로는 히데미 씨는 곡을 듣고 악보 없이 연주하지 못한다고 하셨죠. 때문에 피아노를 연습하던 어린 시절부터 래퍼토리가 늘지 않았다고도요. 한마디로 어릴 적에 『파이널판타지 5』 악보를 보고 연습했다는 뜻입니다. 이 댁에는 피아노가 있고요."

오늘도 응접실을 지날 때 보았다. 분명 저기서 레슨을 받았겠지.

"아무리 처음 플레이한 게임이라 해도, 피아노에 관심이 없는 히데미 씨가 한정된 용돈을 쪼개 악보를 사는 건 부자연스럽죠. 그렇다면 악보를 사준 건 당시 피아노를 직접 가르치던 미키 씨라고 생각해야겠고요. ……아마도 이게 히데미 씨가 말씀하신 '추억의 책'이라고 생각합니다."

모두의 시선이 이소하라 미키에게 쏠렸다. 거실에는 침묵이 흘렀다.

"……그런가요?"

키라라가 물었다. 이소하라 미키는 한참 뜸을 들이더니 지친 기색으로 천천히 말문을 열었다.

"내가 사준 책이 맞아요. 이런 내용이라면 피아노에 관심을 가질지도 모른다고 생각했죠……. 그 아이가 좋아하는 게임 음악이라는 건 알고 있었으니까요."

한마디로 '놀이와 인간'을 사주었을 때와 같았다. 어떻게든 본인이 생각하는 '교양'을 익혀주기를 바랐던 것이다.

"하지만 이 악보를 사서 연습을 시켜도 아들은 전혀 기뻐하지 않았어요. 피아노를 칠 시간에 차라리 게임을 하게 해달라고 울음을 터뜨린 적도 있었죠. 그래서 이게 추억의 책이라는 생각은 꿈에도 못 했어요."

이소하라 미키의 목소리는 침통했다. 이야기를 하기 전보다 훨씬 위축된 것처럼 보였다.

"하지만 추억이 있는 건 분명해요. ……우울한 추억이. 분명 그 말을 나한테 하고 싶었던 거겠죠. 피아노만 그런 게 아니라 다른 교육도 그런 추억뿐이었어요. 분명 나에 대해서도 그런 식으로…….."

"아니에요!"

갑자기 키라라가 소파에서 벌떡 일어났다. 자그마한 체구가 유난히 커다랗게 보였다.

"선생님은 그런 말을 하는 사람이 아니에요! 그런 생각은 하지도 않았어요. 전 알아요…….."

그녀는 말을 잇지 못했다. 두 눈에서 눈물이 뚝뚝 떨어졌다. 이소하라 미키는 독기가 빠진 표정으로 주머니에서 손수건을 꺼내 건넸다. 죄송합니다, 코를 훌쩍대며 키라라는 그 손수건을 받았다.

"선생님은 늘 그러셨어요. 어머니한테 배운 게 많다고. 왜 해야 하는지도 모르겠고, 하고 싶지도 않은 일들을 많이 배우게 시켰지만, 일이나 생활에서 무척 도움이 된다고……. 어머니의 기대에 부응하지 못해서 죄송하다고."

그림 교실은 일러스트 일에, 어학과 피아노는 팬과의 교류에 도움이 됐다. 이소하라 미키의 의도와는 전혀 다른 형태였지만. 사정을 잘 모르는 나조차 그런 생각이 들었으니, 본인은 분명 더욱 실감했을 것이다.

"그 시절에는 너무 싫었지만, 좋아하는 일만 해서는 배우지 못하는 것도 있다. 결과적으로는 좋은 경험이었다고 생각한다고⋯⋯."

이소하라 미키의 표정은 썩 밝지 않았다. 아들은 사교육을 강요한 것 자체를 기뻐한 게 아니었다. 좋은 경험이되었다는 건 어디까지나 결과론이다.

"그 말이 진심이었을까."

"당연하죠! 그런 거짓말을 할 필요가 없잖아요! 다정하고 솔직한 사람이었어요! 어머님이 가장 잘 아실 거 아니에요!"

여전히 석연치 않은 표정의 시어머니를 보고 키라라는 조바심이 난 모양이었다. 내 손에서 책을 낚아채더니 맹렬한 기세로 넘겼다. 그리고 한 페이지를 시어머니에게들이댔다.

"이거! 이 곡이요!『머나먼 고향』! 아까 시노카와 씨가이벤트 얘기를 했는데, 선생님이 제가 신청한 이 곡을 연주하지 않았다면 우린 결혼하지 못했을 거예요! 어머님덕이에요⋯⋯. 아, 하지만 그것 때문에 나하고 결혼한거면, 어머님은 기쁘지 않으실 텐데⋯⋯. 하지만 선생님은 기뻐했는데⋯⋯."

도중부터 혼란에 빠졌는지 고뇌하는 키라라와 펼쳐진페이지를 번갈아 바라보던 이소하라 미키는 이내 살며시미소를 지었다.

"보면 볼수록 별난 아이야."

테이블에 떨어져 있던 손수건을 주워 자리에서 일어나, 아직 뺨에 흐르는 키라라의 눈물을 닦아주었다.

"……히데미하고 닮았어."

그제야 나도 깨달았다. 시오리코 씨가 이곳에 키라라를 데려온 건, 이런 이야기를 하기 위해서였다. 분명 이소하라 히데미도 이 고부 사이를 중재할 작정이었던 것이다.

이소하라 미키는 책을 들고 악보를 내려다보았다.

"이 곡, 나도 기억이 나요……. 게임에 대해서는 아는 게 없지만, 인상에 남는 멜로디였어요. 히데미도 무척 좋아해서 자주 같이 연습했죠."

"저도 좋아해요. ……가장 소중한, 추억의 곡이니까요."

키라라가 그렇게 대답했다. 불현듯 이소하라 미키가 고개를 들었다.

"지금 한번 쳐볼까?"

"네? 정말요?"

"얼마 전에 피아노를 조율했어. 나도 최근에는 전혀 안 쳐서, 제대로 칠 수 있을지는 모르겠지만."

눈물 자국이 남은 키라라의 얼굴에 환한 미소가 번졌다. 이소하라 미키는 눈부신 듯 눈을 가늘게 떴다.

"꼭 듣고 싶어요! 응접실로 가면 되죠?"

이미 문 쪽으로 걸어가고 있었다. 책을 품에 안은 이소하라 미키도 황급히 그 뒤를 좇았다.

"얘, 잠깐만. 좀 진정하고…….."

나와 시오리코 씨는 서로 마주보았다. 그러고 보니 이 곡의 피아노 버전을 들어본 적이 없다. 좋은 기회였다.

두 사람을 따라 우리도 자리에서 일어났다.

＊

"……이야기는 이걸로 끝인데, 어땠어?"

신호를 기다리며 시오리코가 물었다. 이야기가 길어져서 주차장에서 봉고차를 타고 이동하고 있었다. 다이스케의 오후나 본가에 책을 찾으러 가는 길이었다.

"재미있었어!"

어린이용 시트에 앉은 도비라코의 감상에 내심 안도의 한숨을 내쉬었다. 『탱자꽃』 이야기보다 이야기할 수 있는 부분이 많았다. 이름을 밝히지 않았기 때문인지도 모른다.

지금 이소하라 키라라가 어떻게 지내는지, 시오리코는 건너서 이야기를 들은 정도였다. 직장에 다니며 코스프레를 계속하며, 오후나의 집에 살고 있다고 한다. 그 이야기를 들려준 건 이소하라 미키였다. 그 후로 두 사람의 관계는 나름대로 괜찮은 모양이었다.

"사이 나쁜 두 사람이 친해지다니, 책은 굉장해. 나도 더 많이 읽어야지!"

시오리코는 낙심해 어깨를 떨궜다. 그러라고 들려준 이야기가 아닌데. 사람들 사이의 관계에 관심을 가져주기를 바랐다.

'내 방식이 잘못됐나.'

책에 관련된 사건의 경위를 이야기하는 건 다이스케의 전문이었다. 시오리코도 남편을 흉내내본 건데.

신호가 파란불로 바뀌는 걸 보고 마쓰다케 앞 교차로에서 좌회전했다. 마쓰다케 앞이라는 이름은 영화 촬영소가 있던 시절의 흔적이다. 그 바로 근처에 다이스케의 본가가 있다.

옆집이 헐린 뒤에 생긴 주차장에 봉고차를 세웠다. 현관 열쇠를 든 도비라코가 여느 때처럼 밖으로 뛰쳐나갔다. 식당 자리에 보관해둔 고서 재고를 살펴보기 위해서였다.

고우라 식당이었던 건물은 영업을 하던 시절과 변한 게 없었다. 다이스케가 결혼했을 때 팔겠다, 재건축하겠다는 이야기도 나왔지만 결국 그대로 두었다. 고우라 에리가 지금도 이층에 살고 있었다. 오늘은 휴일이라 외출한 모양이었다.

"점장님?"

부르는 소리에 입구에서 뒤를 돌아봤다. 훤칠한 키에 짧은 단발머리의 젊은 여성이 서 있었다. 청재킷에 검은 스키니 팬츠가 날렵한 생김새와 잘 어울렸다.

"아, 고스가 씨…… 지난번에는 고마웠어요."

시오리코가 고개를 숙이자 고스가 나오는 하얀 이를 보였다.

"아뇨, 재워주시고 아침까지 차려주셨으니 제가 감사하죠."

고스가 나오와는 고야마 기요시의 『이삭줍기, 성 안데르센』이라는 책의 도난 사건을 계기로 알게 되었다. 당시에는 아직 고등학생이었지만, 지금은 대학원생이다. 비교문화학을 전공한다고 했다.

시오리코의 동생 아야카와는 같은 고등학교에 다녔고, 3학년 때는 같은 반이었다. 졸업한 뒤에도 계속 친하게 지내고 있었다. 얼마 전에 가마쿠라에서 열린 동창회에 참석했다 잔뜩 취한 아야카를 바래다주러 왔다가 그대로 묵고 간 적도 있었다.

"가게 일 때문에 오신 거예요?"

"그건 아닌데, 남편이 두고 간 물건을 찾으러…… 고스가 씨는?"

"저는 아르바이트 하러요. 저기 레스토랑에서 일해요. 오늘은 수업도 없고."

나오는 도로 건너편에 있는 전통 있는 레스토랑을 가리켰다. 그러고 보니 그곳에서 일한다는 이야기를 들은 기억이 났다.

둘 다 어색한 미소를 지은 채 뒷말을 잇지 못했다. 이래봬도 꽤 나아진 거지만, 옛날부터 얼굴을 보면 대화가 이어지지 않았다. 서로가 잘 맞지 않는 탓이라 생각하고 있었다.

"아, 나오 언니다. 안녕!"

건물 안에서 도비라코가 얼굴을 내밀었다. 손에는 얇은 대형본을 들고 있었다. 『진흙투성이 호랑이 ― 미야자키 하야오의 망상 노트』. 판매하는 책이었다. 아마 그림에 끌린 것이리라.

"여, 잘 지냈어?"

나오가 웃으며 말을 걸었다. 존댓말을 쓰지 않을 때는 말투가 남자 같아지는 건 옛날부터의 버릇이었다. 도비라코도 싱긋 웃었다.

"응, 잘 지냈어! 그럼 다음에 봐! 난 책 읽어야 하거든."

순식간에 대화를 마치고 안으로 들어갔다. 사람과 이야기하는 것보다 책을 읽고 싶은 것이리라. 나오는 어안이 벙벙한 표정이었다. 시오리코는 황급히 소리쳤다.

"가게에서 파는 책은 손대지 마. 제자리에 돌려놓고!"

대답은 없었다. 나오에게는 미안해요, 하고 말을 건넸다.

"아뇨, 미안하기요……. 그럼 전 가볼게요."

인사를 하고 떠나려던 나오가 걸음을 멈추고 진지한 표

정으로 돌아봤다. 뭔가 중요한 일을 떠올린 표정이었다.

"시다 선생님하고 요즘 연락 되세요?"

시다는 후지사와 시 구게누마의 강변에 살던 노숙자 겸 책등빼기였다. 예전에 나오가 훔친 『이삭줍기 성 안데르센』의 주인으로, 사건이 해결된 뒤에는 강변에서 책 이야기를 하는 사이가 되었다. 나오는 지금도 존경을 담아 '선생님'이라고 부르지만, 딱히 교사였던 건 아니다.

실은 본명도 시다가 아니었다. 금전 문제를 계기로 원래 살던 곳에서 자취를 감추었고, 가명을 쓰며 은둔 생활을 했다. 본명을 밝힌 지금도 시오리코를 포함한 주변 사람들은 시다라고 부르고 있었다.

"그저께 홋카이도에서 엽서를 보내셨더라고요. 지난달부터 계속 여행 중이신가 봐요."

시오리코의 대답에 나오의 표정에 안도의 빛이 번졌다.

"다행이다. 일전에 보낸 택배가 수취인 부재로 반송됐거든요. 집으로 전화를 해도 안 받으시고, 아직도 휴대전화를 안 쓰시니까 연락할 방법이 없어서…… 걱정했어요. 또 사라지신 줄 알고."

나오와 만난 이듬해, 시다는 돌연 도쿄에 사는 아내에게로 돌아갔다. 자발적인 귀가였지만, 나오에게는 '사라진' 것이나 다름없었다. 다시 연락이 닿을 때까지 나오는 몇 달 동안 시다를 찾아 헤맸다.

"여행 중이라면 걱정 안 해도 되겠네요. 그럼 다음에 뵈어요."

그렇게 말하고 나오는 떠났다.

가벼운 걸음으로 멀어져가는 뒷모습을 잠시 바라보다 시오리코는 이제는 창고가 된 고우라 식당으로 들어갔다. 어스름한 가게 안에는 철제 책장이 늘어서 있었다. 철거하지 않고 놓아둔 카운터와 주방 시설이 간신히 옛 식당의 분위기를 보존하고 있었다.

이 고우라 식당과 비블리아 고서당 사이에는 기묘한 인연이 있다. 시오리코와 다이스케뿐 아니라, 책을 사랑하는 많은 이들이 수십 년 전부터 이 두 가게와 인연을 맺어 왔다. 그리고 오랜 세월이 지나, 이 식당은 비블리아 고서당의 일부가 되었다.

시오리코와 다이스케가 비블리아 고서당을 경영하는 한, 앞으로도 책을 사랑하는 누군가가 기타가마쿠라의 가게와 오후나의 이곳과 계속해서 인연을 맺어가겠지. 그 선두에 설 것 같은 도비라코가 철제 책장 앞에 서 있었다. 아까 들고 있던 『진흙투성이 호랑이』는 제자리에 돌려놓은 것 같았다.

아이는 집게손가락으로 이마를 짚은 채 뭔가 생각에

잠긴 눈치였다. 물론 가르친 것은 아니지만, 시오리코가 고서에 대해 생각할 때의 포즈와 똑같았다.

"……『눈의 단장』"

느닷없이 내뱉은 말에 시오리코는 화들짝 놀랐다. 사사키 마루미의 미스터리 소설 제목이었다. 아이가 읽기에는 아직 좀 이르다.

"『눈의 단장』이 왜?"

"……그 책 이야기를 아야카 이모하고 나오 언니가 했던 것 같아서. 우리 집에서 자고 간 날에, 아침 먹으면서. 책 제목만 들었는데…… 그게 뭐였지?"

그러고 보니 거실에 모여 함께 식사를 할 때 두 사람이 이야기했던 기억이 난다. 얼마 전에 다 읽었다며 자랑스러워하는 아야카를 보고 나오는 어처구니없다는 표정을 지었다.

"너…… 시다 선생님이 그 책을 선물한 건 고등학생 때였잖아. 벌써 몇 년이 지났는데."

그러고 보니 『눈의 단장』에 얽힌 이야기를 시오리코는 두 사람에게 들은 적이 있다. 시다와 얽힌 인연으로 『눈의 단장』을 선물 받은 고등학생들의 이야기였다.

"읽었다는 이야기를 했을 뿐이야. 재미있는 소설이니까."

"그렇구나. 어떤 이야기인데? 아까처럼 그 책에도 뭔

가 얽힌 이야기가 있어?"

시오리코는 생각에 잠겼다. 아야카와 나오의 고등학교 시절 이야기는 그다지 퍼뜨릴 만한 내용은 아니었지만, 당사자들이 딱히 말하지 말라고도 하지 않았다. 이름을 감추고 세부적인 내용을 변형하면 누구인지 모를 것도 같았다.

"엄마가 『눈의 단장』이라는 책에 얽힌 이야기를 하나 아는데, 그 이야기도 같이 듣고 싶어?"

"응, 듣고 싶어!"

도비라코는 기다렸다는 듯 냉큼 대답했다. 두 사람은 식당 카운터 자리로 이동해 스펀지가 딱딱해진 둥그런 의자에 앉았다. 다이스케의 책은 나중에 찾기로 했다.

"이건 『눈의 단장』이라는 책을 선물한 사람과 받은 사람들의 이야기인데……."

『雪の断章』

― 佐々木丸美 ―

講談社

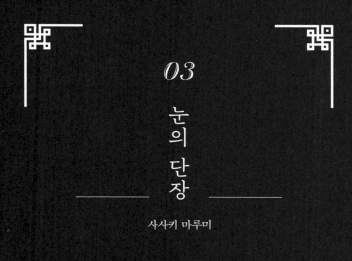

03

눈의 단장

사사키 마루미

고단샤

오후나 역 상점가에 있는 모스버거에는 여름 방학이 되면 젊은 손님들이 늘어난다. 지척에 있는 학원에 다니는 수험생들이 식사를 하거나 자습하는 데 이용하기 때문이었다. 물론 몇 시간씩 죽치고 있으면 눈치를 주지만.

지금은 2011년 8월.

개점과 동시에 문을 열고 들어온 고스가 나오와 시노카와 아야카가 어깨에 멘 가방에도 문제집과 노트, 사전이 들어 있었다. 이제 두 사람 다 고등학교 3학년이었다. 하지만 아침을 먹은 뒤에 가방에서 나온 건 입시와 전혀 상관없는 책이었다.

사사키 마루미『눈의 단장』양장본. 표지에는 초원으로 보이는 곳에서 잠든 소녀와 동물 일러스트가 들어가 있었다. 출판사는 고단샤. 수십 년 전에 출판된 초판본이라 표지 가장자리의 상태는 좋지 않았다.

"옛날 소설이라 뻔하다고 하면 뻔한 이야기야. 특히 첫 번째 이야기."

고스가 나오는 표지를 살짝 두드리며 말문을 열었다.

"무대는 홋카이도의 삿포로. 부모가 없는 어린 소녀가 주인공이야. 이야기는 공원에서 미아가 된 소녀를 잘생긴 대학생이 보육원에 데려다주는 데서 시작해. 초등학생이 되어서 부잣집에 입양을 가지만, 그 집에서도 엄청 구박을 받아. 어느 날 견디지 못하고 집을 뛰쳐나오지만, 취직해서 삿포로에서 일하는 그 대학생과 우연히 재회하지. 그리고 그 남자와 같이 살게 되는데……."

"……그 남자 괜찮은 거야? 이상한 취향을 가진 건 아니고?"

"그런 거 아냐, 바보야. 순수하게 주인공을 돕고 싶은 마음에 키우는 거야. 대학생한테는 잘생긴 친구도 있는데, 그 친구도 주인공을 동생처럼 아껴. 주인공이 점점 어른이 되어가면서 서로를 향한 감정이 조금씩 달라지지."

포니테일로 묶은 머리카락을 흔들며 아야카가 몸을 내밀었다.

"오, 뭔가 재밌어 보인다. ……하지만 살인사건은 일어나지?"

"미스터리니까."

"왜 그런 러브러브한 전개에서 사람이 죽는데?"

"읽어보면 알아. 너도 이 책 갖고 있지?"

"그렇긴 한데, 우리 수험생이야. 이런 두꺼운 책 읽기 힘들고, 시간도 없고…… 그래서 끝에 어떻게 되는데?"

아무 망설임도 없이 추리물의 결말을 묻는 아야카를 보고 나오는 어처구니가 없었다.

"너, 정말 책에 관심 없구나. 고서점 딸이면서."

아야카의 집에 놀러 가면, 가게뿐 아니라 안채 곳곳에서도 책을 발견할 수 있었다. 주방이나 화장실에까지 책이 몇 권씩 쌓여 있었다. 유일한 예외는 아야카의 방뿐이었다.

"그래! 네 말이 맞아."

하하하, 아야카는 밝게 웃었다. 내가 지금 칭찬한 건가? 나오는 순간 그런 생각이 들었다.

"내가 생각해도 너무 관심이 없는 것 같아. 시다 아저씨는 왜 나한테 이 책을 준 거지?"

아야카는 가방에서 다른 『눈의 단장』을 꺼내 테이블에 내려놓았다. 노란 책등의 소겐추리문고였다. 가장 최근에 간행된 판본이었다.

"시다 선생님은 눈에 띄는 족족 누구한테 선물하신대."

본인이 강변에서 그렇게 말했다. 세 달 전, 5월 초에 이 책을 나오에게 주었을 당시의 이야기였다.

"똑같이 재미있어도, 자기 혼자 읽고 싶은 책과 남에게 권하고 싶은 책, 두 종류가 있잖아."

수면에 드리운 다리 그림자를 바라보며 차분하게 말하던 시다를 기억한다. 여느 때처럼 반질반질한 민머리에 유니언잭이 그려진 티셔츠를 입고 있었다. 그 강변은 늘 조용해서 다른 사람의 모습은 거의 찾아볼 수 없었다.

"사사키 마루미에게는 고정 팬이 있었지만, 오랫동안 절판 상태였지. 작가가 그러기를 바랐다고 해. 그런 사정도 한몫 했는지도 모르지. 사람들이 잘 모르는 걸작을 조금이라도 알리고 싶었어. 특히 나는 데뷔작인『눈의 단장』이 좋아……. 고서점에서 찾아낼 때마다 사서 아직 읽지 않은 사람들에게 선물했지. 작가가 세상을 떠난 뒤 주요 작품은 복간되었지만, 지금도 책을 발견하면 선물하고 있어."

그런 이야기를 한 뒤 2주도 지나지 않아, 시다는 당시 살던 다리 밑에서 자취를 감추었다. 훗날 돌이켜 보니, 상념에 잠기는 일이 많아졌던 것 같다.『눈의 단장』을 선물했을 때 이미 떠나기로 결심했던 건지도 모른다. 이 책에 뭔가 메시지가 담겨 있는 게 아닐까? 그런 생각이 머리에서 떠나지 않았다.

"아무튼 다행이야. 시다 아저씨와 연락이 돼서."

나오의 휴대전화에 시다가 보낸 메일이 도착한 건 그저께였다. 여러모로 신세를 진 나오에게 인사를 하고 싶으니, 조만간 시간을 내달라는 내용이 딱딱한 문장으로 적혀 있었다.

오늘 오전 10시에 역 앞에서 만나기로 했다. 학원 수업이 시작되기 전의 시간을 지정했다. 앞으로 한 시간쯤 남았다. 같은 수업을 듣는 아야카도 같이 만날 작정이었다.

"그러게. 별일 없어서 다행이긴 한데, 그전에 아야카에게 하고 싶은 말이 있어서."

이른 시간에 일부러 오후나까지 와달라고 한 건 바로 그 때문이었다. 사정을 이야기하고 아야카의 생각을 듣고 싶었다.

나오는 또 한 권의『눈의 단장』을 가방에서 꺼내 테이블에 올려놓았다. 이 책 역시 고단샤에서 나온 초판이었지만, 다소 상태가 좋았다.

"왜 같은 책을 두 권이나 갖고 있어?"

아야카의 눈이 휘둥그레졌다.

"나만 한 권을 더 받았어."

나오는 그렇게 대답했다.

"왜?"

"모르겠어."

"두 권 다 시다 아저씨가 주신 거지? 한 권 더 주셨을 때 안 물어봤어?"

"물어볼 기회가 없었어. 그 얘기도 들어봐."

나오는 자세를 바로 했다. 하지만 대체 어디서부터 이야기해야 할까. 조금 쑥스럽기도 했다.

"시다 선생님한테 나 같은 '제자'가 한 명 더 있는 모양이야. 그 강가에서 같이 책 이야기를 하는……. 알고 있었어?"

"아니, 전혀. 들어본 적 없어."

아야카는 고개를 저었다.

"어떤 앤데? 고등학생이야?"

"응……. 우리 학교는 아닌 것 같지만. 고2래."

"우리보다 한 살 어리네. 여자애야, 남자애야?"

순간 말문이 막혔다. 뺨에 열이 오르는 게 스스로도 느껴졌다.

"남자야. 그 녀석 이야기도 들어봐."

나오가 곤노 유타를 처음 본 건 5월 초, 시다에게 『눈의 단장』을 받은 날이었다. 강변에서 사사키 마루미의 이야기를 듣고 있는데, 강을 가로지르는 다리 그늘에서 사람의 상반신 그림자가 쑥 솟아올랐다.

하지만 사람 그림자는 꿈쩍도 하지 않았다. 다리 위에서 나오와 시다를 내려다보며 이야기를 듣고 있는 모양이었다. 불쾌했지만 나오는 고개를 들지 않았다. 괜히 발끈해서 노려보기라도 하면 시다에게 피해가 갈지도 모른다고 생각한 까닭이었다.

조용하고 인적 드문 곳이기는 했지만, 이 강변은 주택가 안에 있었다. 다리 위는 물론, 인도나 강가에 자리한 집에서 힐끔거리며 쳐다보는 사람들도 종종 있었다.

나오가 직접 목격한 적은 없지만, 시비를 거는 사람들도 있다고 했다. 이따금 물건을 뒤집어엎거나, 경찰에 신고하는 일이 있었다. 나오는 이야기를 듣고 분통을 터뜨렸지만, 피해자인 시다는 조용히 타이를 뿐이었다.

"허락도 없이 이런 데 자리를 잡은 건 나니까, 주민들이 눈엣가시처럼 여겨도 하는 수 없지. 집세 대신이라 생각하면 참을만해."

시다는 싸늘한 시선을 받아도 아랑곳하지 않고, 최대한 눈에 띄지 않도록 생활하고 있었다. 하지만 그때는 달랐다. 다리 위에 있는 상대를 힐끗 확인하더니 갑자기 두 손을 크게 흔들었다.

"잘 지냈어?"

친한 사람인 모양이었다. 나오도 덩달아 고개를 들었
다. 상대는 화들짝 놀란 듯 난간에서 떨어져 시야에서 사
라졌다.

순간이라 자세히 보지는 못했지만, 고등학생으로 보이
는 남자아이였다. 호리호리한 체격에 전체적으로 희멀건
한 인상이었지만, 턱에 호두알만 한 크기의 빨간 반점이
있었다.

"뭐야, 여전히 수줍음이 많구먼."

시다가 쓰게 웃었다. 나오가 아는 얼굴은 아니었다.

"누구예요?"

"……아는 사람."

나오는 내심 놀랐다. 이곳저곳의 고서점에 드나드는
까닭에 시다는 인맥이 넓었지만, 나오와 비슷한 또래는
없으리라 멋대로 생각하고 있었다.

"근처에 사는데, 가끔 여기 와."

더 물어도 시다는 말을 흐릴 뿐이었다. 뭔가 사정이 있
는 것 같아서 나오도 더는 묻지 않았다.

시다와 만난 건 그날이 마지막이었다.

나오가 강변을 찾아가는 요일은 딱히 정해져 있지 않

앗다. 대부분 일주일에 한 번쯤 일정이 없는 저녁나절에 찾아가고는 했다. 시다는 자주 책을 사러 멀리 외출하기 때문에, 허탕을 치는 날도 드물지 않았다.

두 사람은 늘 책을 교환해서 읽었다. 만나지 못하는 날에는 시다가 사는 비닐시트 오두막 근처에 있는 아이스박스에 책을 넣어두고는 했다.

5월에 들어서 두 번이나 허탕을 쳤지만, 나오는 딱히 이상하게 여기지 않았다. 많이 바쁘신가, 하고 고개를 갸웃한 정도였다. 자신이 빌려준 책을 시다가 어느샌가 전부 돌려주었다는 사실도 알아채지 못했다.

하지만 5월 하순의 어느 일요일, 저녁에 강변을 찾은 나오는 우두커니 서 있었다.

다리 밑에 있던 시다의 아지트가 철거되어 사라지고 없었다. 평소 시다가 이동할 때 쓰던 자전거도 보이지 않았다. 시다가 살던 흔적은 깨끗이 사라지고 없었다.

'무슨 일이 생겼구나.'

그제야 나오는 확신했다. 어딘가로 거처를 옮긴 것이라 해도, 나오에게 연락이 없는 건 이상하다. 어떠한 이유로 오랫동안 자리를 비워서, 지자체에서 철거한 걸지도 모른다.

휴대전화를 꺼내 아야카에게 '시다 선생님이 사라졌는

—
도비라코와
신기한
손님들

비블리아
고서당
사건수첩
1

데, 뭐 아는 거 있어?'라고 메시지를 보냈다. 다리 밑을 촬영한 동영상도 첨부했다. 아야카가 모른다 해도, 시노 카와 시오리코나 고우라 다이스케가 확인해주겠지.

금방 연락이 오리란 보장은 없었다. 일단은 아지트가 있던 자리를 살펴보기로 했다. 다리 밑으로 다가가려 했 을 때, 뒤에서 인기척이 느껴졌다.

"……저기."

남자 목소리에 홱 몸을 돌렸다. 콘크리트 블록으로 포 장된 완만한 경사면에 하얀 티셔츠에 회색 카디건을 걸 친 자그마한 체구의 남자가 서 있었다. 남자라고 해도 나 이는 고등학생쯤으로 보였다. 아직 앳된 티가 나는, 선 이 고운 얼굴이었다. 윤기가 도는 가느다란 머리칼이 이 마에 드리워 있었다. 턱 언저리에 호두만 한 붉은 반점이 있었다.

"보름 전쯤에 여기 있던 분이죠? 아저씨와 함께."

남자아이는 듣기 좋은 목소리로 그렇게 말했다. 하지 만 시선이 약간 허공을 맴도는 게 마음에 걸렸다.

"시다 선생님 말이야? 그때 다리 위에서 보던 사람 맞지?"

"네. 다른 사람이 있는 줄 모르고 놀라서 그만……. 죄 송했습니다."

고개를 꾸벅 숙인다. 나오는 경계를 풀지 않았다. 왜

갑자기 여기 나타난 거지? 애초에 정체가 뭐야?

"아, 저는 곤노 유타라고 해요. 요 앞 맨션에 살고요."

자기소개를 하며 강 건너편을 가리켰다. 여기서는 보이지 않지만, 분명 높다란 맨션이 있는 위치다.

"시다 씨와는 여기서 자주 책 이야기를 했어요. ……그쪽 이야기도 조금 들었고요. '이곳에 자주 찾아오는 여자애가 있는데, 너처럼 책 이야기를 하고 간다.'고."

갑자기 남자아이는 강렬한 시선으로 나오를 보았다. 왠지 마음이 편치 않아서 눈을 돌렸다. 남자가 그런 식으로 물끄러미 바라보는 데 익숙지 않았기 때문이었다.

"나한테 무슨 볼일인데?"

"시다 아저씨가 말을 전해달라고 해서……"

나오는 단숨에 거리를 좁혔다. 남자아이보다 나오가 5센티미터는 컸다. 곤노는 주눅 든 사람처럼 한 걸음 물러났다.

"선생님이 어디로 가셨는지 알아?"

"몰라요. 하지만 조만간 떠나게 될지도 모른다는 이야기는 들었어요. 처음에는 농담인 줄 알았는데, 어느 순간 사라지셨더라고요."

"대체 왜?"

"그건 말씀하지 않으셨어요. 이 시간대에 그쪽이 여기

올 테니, 말을 전해달라고 하셔서…… 매일 이곳에 왔던 거예요."

궁금한 건 많았지만 나오는 꾹 참았다. 일단은 전해달라는 말을 듣자.

"……아이스박스 안에 선물이 들어 있대요."

곤노는 그렇게 말했다. 나오는 경사를 뛰어 내려가 다리 밑을 샅샅이 뒤졌다. 사람 눈에 잘 띄지 않는 교각 그늘에서 작은 아이스박스를 찾았다. 빌린 책을 주고받을 때 쓰던 아이스박스로, 전부터 그 자리에 있었다.

잠금장치를 풀고 뚜껑을 열었다. 안에는 양장본 한 권이 들어 있었다. 『눈의 단장』. 가장 오래된 고단샤 판본이었다. 얼마 전에 시다에게 받은 책과 같은 것이었다. 표지를 넘기니 시다의 독특한 필적이 눈에 들어왔다.

'고마워'

대체 무슨 뜻일까. 작별 인사치고는 너무 건조하다. 혹시 몰라서 다른 페이지도 넘겨서 확인했다. 본문이나 후기, 구간 도서 안내에도 메모는 없었다. 판권장을 확인하니 초판이었다. 발행일은 1975년 11월 12일.

"뭐가 들어 있나요?"

뒤따라온 곤노를 향해 나오는 『눈의 단장』의 표지를 내밀었다.

"선생님의 선물인 것 같아. 하지만 전에도 이 책을 받았어. 선생님이 여러 사람들에게 나눠준 책이거든."

"그렇군요……."

뭔가 짚이는 게 있는지 곤노는 손뼉을 쳤다.

"아, 그래서군요. 저도 이 『눈의 단장』을 시다 아저씨한테 받았어요."

"두 권은 아니지?"

"네. 한 권만요."

나오는 생각에 잠겼다. 갑자기 자취를 감춘 것, 같은 책을 두 권 선물한 것, 의미심장한 메시지. 역시 뭔가 이상하다. 설명할 수 없는 일이 너무 많았다.

그때 주머니 속 휴대전화의 진동음이 들렸다. 꺼내서 화면을 확인하자 아야카의 메시지가 보였다. '난 모르겠어. 언니도 아무 말 못 들었대. 무슨 일 있나?'

나오는 아이스박스를 제자리에 돌려놓고 다리 밑에서 나왔다. 이미 날이 저물기 시작했다. 수면을 비추는 햇살이 희미하게 붉게 물들어 있었다.

"왜 그러세요?"

"선생님을 찾아야겠어."

나오는 그렇게 선언했다. 무슨 일이 생겼더라도 시다는 알아서 대처할 수 있는 어른이다. 나오가 걱정할 필요는 없었다. 하지만 다시 만나지 못하는 건 납득할 수 없었다. 사정을 물어볼 자격쯤은 있겠지.

"더 자세히 말해줄 수 있어? 마지막으로 만났을 때 이야기 같은 거."

"네, 물론이죠."

곤노는 주저 없이 대답했다. 두 사람은 강변의 경사면에 앉았다. 늘 나오가 시다와 나란히 앉았던 자리였다. 곤노도 이 자리에 앉아 이야기를 나누었을지도 모른다.

"저기, 괜찮으면 저도 같이 찾아도 될까요? 아저씨와 만나 이야기를 하고 싶어요. 책 이야기도 더 많이 배우고 싶었고……. 힘든 일이 있었을 때 아저씨 덕에 헤쳐 나올 수 있었거든요."

나랑 똑같네.

나오는 시다가 소중히 간직하던 『이삭줍기, 성 안데르센』을 훔친 적이 있었다. 같은 반 남자아이에게 선물을 주기 위해. 그 자리에 있던 문고본의 가름끈이 필요했던 것이다. 하지만 결국 상대는 그 선물을 받아주지 않았다.

시다에게 사죄의 뜻을 전하며 괴로운 속내도 털어놨다. 다른 고민이 생길 때마다 이곳에서 상담을 했다. 곤노 또한 그랬으리라.

"알았어. 같이 찾아보자."

나오가 고개를 끄덕이자 곤노는 자신의 스마트폰을 꺼냈다.

"연락처 알려주세요. 그리고……."

그는 쑥스러운 듯 웃었다. 나오의 가슴이 두근, 뛰었다.

"늦었지만, 이름이 뭐예요?"

"그날부터 일주일에 한 번쯤 둘이서 선생님이 들르던 고서점을 돌았는데……. 왜 그래?"

나오는 상대의 얼굴을 들여다보았다. 눈과 입을 떡 벌린 채 굳어 있던 아야카는 갑자기 돌이 되었다 풀려난 사람처럼 테이블을 내리쳤다.

"처음 들어! 그 남자애 얘기! 어떻게 된 거야!"

"시끄럽잖아. 조용히 해."

나오가 주의를 주었다. 나이 지긋한 남자 손님이 시끄럽다는 듯 이쪽을 노려보았다.

"……왜 지금까지 말 안 했어? 시다 씨를 찾는다는 얘기는 자주 했잖아."

아야카는 목소리를 낮추어 물었다.

"선생님과 가깝게 지냈던 걸 곤노가 남들한테 말하고

싫지 않은 것 같아서. 내가 먼저 그 얘기를 꺼내기 좀 그
랬어."

거짓말은 아니었다. 하지만 그뿐만은 아니었다. 곤노
유타와 만나는 걸 다른 사람에게 말하고 싶지 않았다. 혼
자만의 비밀로 해두고 싶은 마음도 있었다.

"내가 모르는 사이에 연하남과 매주 만났던 거야……?
얘기만 들어도 단내가 나는데. 수험생한테 너무한 거 아
냐……."

아야카는 찡그린 얼굴로 창밖을 보았다. 금방이라도
코를 막을 것 같았다.

"우린 딱히……."

"거기까지! 부탁이니까 거기서 멈춰."

나오는 부정하려 했지만 아야카는 두 손으로 방어 자
세를 취했다.

"'딱히 사귀는 건 아냐', '둘이 잠깐 나갔다오는 거야'.
그런 건 우리 언니하고 고우라 오빠만으로 충분해. 사귀
지는 않지만 네가 걔를 의식하는 건 알겠어. 이제 뭐라고
안 할 테니까 하던 얘기나 마저 해."

먼저 호들갑을 떤 건 아야카였지만, 나오는 뭐라 반박
할 수가 없었다. 여러 번 만나는 동안 곤노를 의식하게
된 건 사실이었다. 그리고 동시에 위화감을 느끼기 시작

190

했다.

"선생님이 어떤 고서점과 거래했는지 곤노는 엄청 잘 알고 있었어. 어떻게 아느냐고 물었더니, 장부를 본 적이 있다는 거야."

"장부?"

"고서를 어디서 얼마에 사고팔았는지 적어둔 노트인데, 평소에는 아지트 안에 보관해뒀대."

"넌 본 적 없지?"

"응, 돈 얘기는 일절 안 하셨어."

생활이 힘들기 때문에 어린 나오가 신경 쓰지 않도록 배려한 줄 알았다. 곤노에게는 그렇지 않았던 것이다.

"좀 기분이 그렇더라고. 질투지 뭐. 나보다 선생님과 친한 '제자'를 만나서……. 하지만 곧 다른 게 마음에 걸렸어. 곤노는 선생님이 거래하던 고서점을 잘 알면서, 왜 나하고 만날 때까지 아무것도 안 한 걸까?"

"아, 듣고 보니 그러네. 그 얘기, 곤노한테 물어봤어?"

"낯선 사람과 만나는 게 불편해서, 결심을 굳힐 때까지 시간이 걸렸다는데……. 그건 거짓말이 아닌 것 같지만."

곤노의 턱에 있는 붉은 반점을 떠올렸다. 나오는 별로 신경 쓰이지 않았다. 앳된 얼굴에 어른스러운 느낌을 더해주는 것 같아 오히려 좋아 보였지만, 그 말은 결코 입

밖으로 내지 않았다. 남이 어떻게 생각하든 본인이 신경 쓰이는 것은 당연하니까.

시다와 약속했다고는 해도, 초면인 나오에게 용기를 짜내 말을 건 것이다. 그 사실이 순수하게 기뻤다.

"넌 어떻게 생각해?"

"나한테 물어본다한들……."

아야카는 팔짱을 낀 채 천장을 올려다보았다. 그대로 한참 시간이 흘렀다. 테이블에 놓아둔 휴대전화를 보니 시다와 만나기로 한 시간까지 30분도 채 남지 않았다.

"나쁜 사람은 아닌 것 같은데…… 뭔가 이상한 것 같긴 해. 곤노가 이상하다기보다는, 시다 아저씨가 곤노에 대해 아무 말도 안 한 게."

"……역시 그렇지."

나오는 한숨 섞인 목소리로 중얼거렸다. 제삼자가 들어도 그런 생각이 드는 것이다.

"정말 선생님과 책 이야기를 하는 사이였던 건지……. 그 녀석 이야기 말고는 근거가 없어. 선생님은 가끔 찾아오는 사람이라고 말했을 뿐이고. 사는 곳도 정확히는 몰라. 어느 학교에 다니는지도 말 안 했고."

수상쩍은 점을 늘어놓기는 했지만, 속내는 의심하고 싶지 않았다. 곤노는 늘 차분하고 다정했다. 자기 이야기는 하지 않지만, 나오의 이야기에도 싫은 내색 없이 귀 기울여주었다. 학교나 가족 이야기를 하지 않는 것도 악 의가 있어서인 것 같지는 않았다.

"넌 그 두 사람이 무슨 사이라고 생각하는데?"

이번에는 나오가 생각에 잠길 차례였다.

"……옛날부터 아는 사이거나 친척?"

"아, 그럴 수도 있겠네."

아야카는 연신 고개를 끄덕였다.

"시다 아저씨, 옛날이야기는 절대 안 하잖아. 가족 이 야기라든지."

시다에게 말하고 싶지 않은 과거가 있다는 건 어렴풋 이 짐작하고 있었다. 남에게 피해를 주거나 상처를 준 경 험이 있기 때문에, 무슨 일을 당해도 관대할 수 있었던 것이라고 생각한다.

"하지만 지금 그 답은 네 상상이지? 곤노가 직접 그렇 게 말한 건 아니잖아."

열흘 전의 나오였다면 누군가가 곤노를 의심하더라도 똑같이 받아쳤을 것이다. 그것도 네 상상이잖아……. 지 금은 확신이 없었다. 어쩌면, 하고 가능성을 떠올리고 만다.

"분명 곤노가 그런 말을 한 적은 없어. 내 상상이 틀림

없다는 생각도 안 해……. 하지만 녀석이 뭔가를 숨기고 있거나, 거짓말을 한 건 사실이야."

계기는 『눈의 단장』이었다.

곤노와는 거의 일주일에 한 번 꼴로 만났지만, 그때마다 몇 시간씩 같이 있는 건 아니었다. 그날의 목적지에서 가장 가까운 역에서 만나, 시다가 거래하던 고서점을 찾아가 이야기를 듣는 것뿐이었다. 길어도 한 시간, 오래 대화를 나누지도 않았다.

하지만 어디를 찾아가도 시다의 소식을 아는 사람은 없었고, 여름이 시작될 무렵에는 곤노가 아는 업자도 더는 남지 않았다.

이제 밖에서 만날 이유는 사라졌다. 이대로 아무 말 없이 헤어지면 관계는 자연스레 끊길 터였다.

나오는 마음이 복잡했다. 수험생 신분에 남자와 놀러다닐 여유는 없었다. 지금 모의고사 성적으로는 원하는 대학에 합격할 수 있을지 장담할 수 없었다. 대부분의 시간을 공부에 쏟아야만 했다.

하지만 영문 독해에 허덕일 때나 학원으로 걸어가는 길에 문득 곤노의 하얀 얼굴이 머리를 스쳐지나가고는 했다.

이대로 만나지 못하게 되면 후회하지 않을까?

곤노에게 연락이 온 건 7월 중순, 기말시험이 끝나고 얼마 지나지 않아서였다.

"시간 괜찮으시면 다음 주말에 같이 책 이야기를 하지 않을래요?"

그러고 보니 시다가 자취를 감춘 뒤로 누군가와 책 이야기를 나눈 적이 없었다. 잠깐의 휴식은 필요하다고 자신을 납득시키며 만나자는 답장을 보냈다. 둘 다 읽은 『눈의 단장』에 대해 이야기하기로 했다.

돌아온 토요일, 후지사와 역에서 만나 미스터 도넛으로 갔다. 사람이 많아서 2층 테이블에 먼저 자리를 잡았는데, 곤노가 나오 것까지 음료를 사러 내려갔다.

곤노는 가방에서 『눈의 단장』을 꺼내 자리를 맡았다. 나오가 시다에게 받은 책과 달리 고단샤판 낡은 문고본이었다. 띠지는 없었지만 상태는 꽤 좋았다. 그런 책을 일부러 골라 건넨 것일까?

별 생각 없이 책을 집어서 펼쳐봤다. 본문과 해설 뒤에 지은이 약력과 저서가 실려 있었고, 그 다음 페이지가 판권면이었다. 1983년 12월 15일 발행 초판. 나오가 받은 양장본은 두 권 다 1975년에 발행된 초판이었다. 둘 다 초판이었지만, 나오의 양장본이 8년 일찍 출간된 판본이었다.

애초에 문학 분야의 고서는 처음에 나온 판본이 귀하다고 한다. 요컨대 나오가 소장한 양장본이…….

'바보 같은 생각이나 하고.'

조용히 책을 덮었다. 그런 하잘것없는 우월감에 젖는다고 뭐가 달라질까. 당시 가지고 있던 판본을 선물한 것이지, 나오와 곤노에게 차등을 둔 건 아닐 터였다.

나오는 자신의 『눈의 단장』을 두 권 테이블에 올려놓았다. 이것으로 완전히 똑같은 소설책이 세 권이었다. 시다의 이야기가 나올지도 모른다는 생각에 '고마워'라는 메시지가 적힌 책도 가져왔다.

그러고 보니 시다가 나오에게 『눈의 단장』을 두 권이나 준 이유도 아직 모른다. 시다가 자취를 감춘 지 두 달째, 결국 아무것도 진전이 없었다.

'비블리아 고서당에 한번 얘기해볼까?'

지금까지도 몇 번이나 머릿속에 떠올랐던 생각이었다. 하지만 시노카와 시오리코와 고우라 다이스케가 아는 게 없다는 것은 아야카를 통해 이미 확인했다. 그리고 지금 그쪽도 정신이 없는 모양이었다. 다자이 오사무의 『만년』 초판본을 둘러싼 사건에 휘말려 다이스케가 중상을 입은 것이다. 최근에도 셰익스피어에 관련된 고서 때문에 큰 소동이 일어났다고 했다. 도저히 이런 이야기를 꺼낼 분위기가 아니었다.

사실 적극적으로 상담을 요청하지 않는 이유가 또 하나 있었다. 나오는 점장인 시노카와 시오리코가 영 불편했다. 수수께끼는 해결해줄지도 모르지만, 상관없는 일까지 모두 꿰뚫어볼 것 같았다. 이를테면 나오와 곤노의 미묘한 관계 같은 걸.

되도록 쓰고 싶지 않은 최후의 수단이었다.

"기다리셨죠."

곤노가 밝은 목소리로 말하며 아이스 카페오레 두 잔을 테이블에 내려놓았다. 오늘은 평소보다 기분이 좋아 보였다. 커피 값을 꺼내려 하자, 오늘은 자기가 사겠다고 눈부신 미소로 제지했다.

"감사의 뜻이에요. 고스가 씨하고 이 책 이야기를 하고 싶었거든요……. 오늘 정말 기분이 좋아요."

"그, 그래……? 나, 나도 그래."

동요한 나머지 나오는 더듬거리며 대답했다. 마음을 진정시키기 위해 심호흡을 했다. 작년에 호되게 실연당한 뒤로 남의 호의 비슷한 것에 신중한 태도를 취하게 되었다. 곤노의 '정말 기분이 좋다'는 말의 방점은 상대가 나오라는 게 아니라, 이 책 이야기를 할 수 있다는 부분에 찍혔는지도 모른다.

"전 사사키 마루미의 소설 중에서 『눈의 단장』이 제일 좋아요."

"나도."

시다도 그렇게 말했다. 데뷔작에는 작가의 자질이 강하게 드러난다는 이야기를 들은 적이 있는데, 사사키 마루미는 유독 그랬다.

"미스터리 소설이기는 하지만, 전체적으로 주인공 아스카가 성장하는 이야기죠. 한 소녀가 철이 든 뒤로 어른이 될 때까지."

"작가의 분신이기도 하겠지. 작품을 썼을 때는 아직 대학생이었던 것 같으니까."

"후기에도 그런 말이 있었죠. '아스카를 묘사할 때에는 나 자신도 원고지 속에서 함께 숨쉬고 있었다'라고."

곤노는 사랑스럽다는 듯 자신의 책을 어루만졌다.

"멋진 말이에요."

"……동감이야."

나오는 어렴풋이 위화감을 느꼈다. 오늘 곤노는 평소보다 말이 많았다. 그와의 대화가 즐겁기는 했지만, 원래 이런 캐릭터였나. 이쪽이 진짜 곤노일지도 모른다.

"소설로서는 무척 재미있지만, 수수께끼 풀이의 요소는 조금 느슨한 구석도 있지. 살인사건이 일어나고 흉기도 등장하지만, 진짜 이런 식으로 쓰나 싶은 부분이……. 경찰 수사도 그렇게 허술하지 않을 것 같고."

"저도 그 생각했어요!"

곤노는 흥분한 얼굴로 고개를 끄덕였다.

"이런 걸 경찰이 그냥 넘어갈까 싶은 부분이…… 애초에 그 상황에서 사람을 죽이는 것도 이상하지 않나요? 자기들 중 누군가가 의심받을 게 분명한데. 실제로 아스카가 제일 먼저 의심을 받았잖아요."

"여고생이 그런 흉기를 입수하는 것도 어려울 것 같다고 생각했지만……. 이 소설은 살인사건 운운하기 이전에 아스카의 행동에 더 가슴 졸이게 되지 않아? 별 거 아닌 말에 상처받아서 며칠이나 가출하고……."

"맞아요, 사건의 충격으로 갑자기 대학 입시를 포기한다거나, 그런 전개를 보면 손에 땀을 쥐게 되죠. 이 사람이 다음에 어떤 행동을 할지 종잡을 수 없어서요. 고집이 세다고 할까, 돌발적인 행동력이 있죠. 절대로 가만히 있으면 안 될 상황에서도 극한까지 아무 말도 안 하고."

"실제로 이런 사람이 있으면 그 주변 사람들은 정말 힘들 거야."

나오는 웃으며 아이스 카페오레를 한 모금 마셨다. 불현듯 작년에 자신이 저지른 짓이 떠올랐다. 돌발적으로 시다의 책을 훔쳐서 피해를 끼친 게 누구였더라.

"뭐, 나도 남 말할 처지는 아니지, 작년 일을 생각하면."

곤노의 눈이 반짝거렸다. 이상한 반응이었다. 왠지 나오의 과거를 모르는 것 같았다. 아니, 혹시 진짜 모르는 걸까? 시다에게 이미 들었으리라고 멋대로 생각했는데, 생각해 보니 시다가 남의 좋지도 않은 이야기를 떠들고 다닐 리 없었다.

나오는 컵을 내려놓고 헛기침을 했다. 부끄럽기는 했지만, 말나온 김에 이야기해야겠다고 생각했다. 시다와 어떻게 만났는지, 어차피 언젠가는 물어볼 테니까. 그때 털어놓는 것보다는 낫겠지. 말문을 열려는데 곤노가 어두운 목소리로 중얼거렸다.

"저도 남 말할 처지는 아니에요."

순간 가슴이 에였다. 하려던 말이 점차 위축되는 것 같았다. 희미하던 의문이 이때 처음으로 뚜렷이 하나의 상을 이루었다.

"……곤노는 선생님과 어떻게 만난 거야?"

시다를 바라보는 주민들의 시선은 싸늘했다. 다가가거나 말을 거는 데는 적잖은 용기가 필요하다. 낯선 사람을 대하는 게 힘들다는 곤노는 말할 것도 없다. 예전에 '힘든 일이 있었을 때 아저씨 덕에 헤쳐 나올 수 있었다'고

했다. 분명 뭔가 문제가 생겼을 때, 시다가 먼저 접근한 것이리라.

"대충 짐작은 가. 괜찮으면 나에게 말해줄래? 아무한 테도 말 안 할 거고, 내 이야기도 할 테니까."

긴장을 풀 생각으로 한 말이었다. 서로의 과거를 털어 놓으면 더욱 거리를 좁힐 수 있을 것 같았다. 하지만 곤 노의 얼굴은 안쓰러울 정도로 새파랗게 질려 있었다. 붉 은 반점이 평소보다 더욱 도드라졌다.

"알아챘어요……?"

그는 떨리는 목소리로 말했다. 그냥 대충이라고 대답 하려던 순간 나오의 등줄기가 얼어붙었다. 곤노는 『눈의 단장』 위에 올린 손을 이상할 정도로 꽉 쥐고 있었다. 곤 노와 시다의 관계는 지금까지 상상했던 것과 전혀 다른 것 같았다.

"……너, 나한테 뭐 숨기는 거 없어? 선생님 관련한 일로."

곤노는 부정하지 않았다. 유감스럽게도 정곡을 찌른 것 같았다. 얼어붙은 침묵이 흐른 뒤, 곤노는 쭈뼛거리 며 말문을 열었다.

"시다 씨의 존재는 몇 년 전…… 처음 그 강변에 자리를 잡았을 때부터 알고 있었어요. 하지만 말을 건 건, 올해 들 어서였어요. 어떤 여자 분이 시다 씨를 찾아왔는데……."

"여자 분?"

나오는 저도 모르게 되물었다.

"네. 좀 나이든 여자 분이었어요. 부자처럼 고급스러운 차림의…… 시다 씨보다 조금 나이가 많은 것 같았는데, 아마 부인이나 누나일 거예요. 무척 친한 사이인지 웃으면서 이야기를 나눴거든요."

심장 박동이 빨라졌다. 시다에게 가족이 있었던 것이다. 그것도 여자.

"궁금해서 다리 위에서 잠시 보고 있었는데, 갑자기 그 여자 분이 웅크리는 거예요. 어디 아픈 사람처럼. 시다 씨는 황급히 그 여자 분의 휴대전화를 꺼냈지만 배터리가 없었는지 통화가 안 됐어요."

시다는 휴대전화가 없다. 기계를 잘 다루지 못하는 게 아니라, 휴대전화라는 게 영 성미에 맞지 않기 때문이라는 이야기를 들은 적이 있었다. 애초에 콘센트가 없는 강변에서는 휴대전화 충전도 제대로 할 수 없다.

"주변에는 저 말고 아무도 없었어요. 낯선 사람과 말하는 건 불편했지만, 그런 소리를 할 때가 아니었죠. 괜찮냐고 물었더니 구급차를 불러달라고 했어요……. 그게 시다 씨와 처음 나눈 대화였어요."

이야기는 거기서 끝난 것 같았다. 나오는 자신이 아는

사실과 지금 이야기를 머릿속에서 대조해봤다. 아무리 생각해도 앞뒤가 맞지 않았다.

"그걸 왜 나한테 말 안 했어?"

"시다 씨의 개인정보를 어디까지 말해야 할지 판단이 안 서서요. 고스가 씨의 목적은 시다 씨와 만나는 거잖아요. 가족 일은 상관없고…… 결국 저도 시다 씨에게 그 여자 분이 누구인지 안 물어봤고요…….''

"그 이야기가 사실이라도, 나한테 또 숨기는 게 있잖아. 너도 뭔지 알지? 넌 '아저씨 덕에 헤쳐 나올 수 있었다'고 했어. 지금 그건 네가 선생님을 도운 이야기잖아. 선생님은 널 어떻게 도왔는데?"

곤노는 핏기 없는 입술을 꽉 깨물었다. 진실이 새어나오지 않도록 안간힘을 다해 참고 있는 것 같았다. 불현듯 나오는 중대한 비밀을 안고 있는 『눈의 단장』의 주인공을 떠올렸다.

'두려워하지 말고 말해봐, 반드시 네가 먼저 말해야 해.'

주인공 아스카는 그 말에 자신의 속내를 털어놓았지만, 이때 나오의 입에서는 그런 다정한 말이 나오지 않았다.

"너, 정말 나를 도운 거 맞아?"

질문에 가시가 돋쳐 있었다. 호의를 가진 상대가 자신을 기만했을지도 모른다. 그러한 불신이 나오의 냉정한 사고를 방해하고 있었다.

"만일 내가 선생님과 만나면, 네가 숨겨온 일들이 모두 들통 나니까. 고서점 사람들에게 물어봐도 별 수확이 없을 거란 걸 알고 있던 거 아냐? ……혹시 더 중요한 사실을 감추고 있는 거 아냐?"

곤노는 아무 말도 하지 않았다. 나오는 눈앞이 캄캄해지는 걸 느꼈다. 속으로는 사실이 아니라고 말해줬으면 했다. 나를 의심하다니 너무하다고 화를 내줬으면 했다.

"됐어. 이제 너 안 볼 거야."

나오는 두 권의 『눈의 단장』을 챙겨 자리에서 일어났다. 어느샌가 분노는 사라지고, 울고 싶은 기분만 남아 있었다. 하지만 그 사실을 곤노가 알아채는 것만큼은 죽어도 싫었다.

"시다 씨가 어디로 갔는지, 전 정말 몰라요. 하지만 연락을 취할 방법은 알아요."

느닷없이 곤노가 다급한 목소리로 말했다. 테이블을 떠나려던 나오는 걸음을 멈추고 뒤돌아봤다. 곤노의 눈동자에는 지금까지 없던 어두운 빛이 감돌고 있었다.

"여름방학이 시작된 뒤 '고스가 나오가 입시 공부를 내

팽개치고 시다 씨를 찾기 시작했다'는 소문을 퍼뜨리면 돼요. 시다 씨를 알 만한 고서점 사람들에게."

"그게 무슨 소리야?"

"지금까지 시다 씨가 거래하던 고서점에 찾아가 봤지만, 상식적으로 연락처 정도는 알 법한 사람들이 몇몇 있었죠. 고스가 씨가 만나고 싶어 한다는 것도 분명 시다 씨의 귀에 들어갔을 테고요. 앞길이 창창한 고등학생이 본인과 만나지 않는 게 좋을 거라고 생각해서 일부러 거리를 둔 게 분명해요……. 하지만 고스가 씨가 입시에 실패할 것 같다는 뉘앙스를 풍기면, 분명 걱정이 돼서 먼저 연락을 할 거예요."

나오는 곤노의 이야기를 머릿속에서 정리했다.

"……내 입시를 미끼로 선생님을 꾀어내자는 거지?"

곤노는 고개를 끄덕였다. 분명 시다에게는 잘 먹힐 방법 같다고 납득하는 동시에, 이런 잔꾀를 생각해낸 면모에도 놀랐다. 모르는 사람이 눈앞에 있는 기분이었다.

"어, 그게 곤노의 아이디어였구나. '대입 준비를 해야 하는데 나오가 시다 씨를 찾아다닌다'고 모두에게 이야기하고 다닌 게."

아야가의 눈이 휘둥그레졌다. 그러고 보니 이 이야기를 하는 건 처음이었다.

"응, 말 안 해서 미안."

나오 자신이 말하고 다니면 신빙성이 없다. 주변 사람들이 호들갑을 떨게 하자는 게 곤노의 아이디어였다. 고서점 딸이자 발이 넓은 아야카는 더할 나위 없는 인물이었다.

그리고 진짜 시다에게 메일이 왔다.

연락처는 메일주소뿐이었으니, 여전히 휴대전화는 없는 것 같았다. 컴퓨터로 메일을 보낸 것 같았다.

"시다 아저씨와 오늘 만나는 거, 곤노는 알아?"

"일단 연락은 해뒀어. 답은 없었지만."

나오는 창밖을 바라보았다. 자기가 먼저 안 본다고 해놓고는 답이 없으니 침울한 기분이 들었다. 스스로도 제멋대로라 생각했다.

"……그때 곤노에게 말이 너무 심했던 거 아냐?"

시야 밖에서 아야카의 목소리가 들렸다.

"말이 심했다니, 뭐가."

"시다 아저씨의 가족이 갑자기 쓰러져서, 구급차를 불렀다는 이야기를 하지 않은 건 이유가 있었잖아. 시다 씨에게 어떤 도움을 받았는지, 말하지 못하는 것도 딱히 이상할 건 없지. 곤노에게는 아마 부끄러운 일일 테니까."

눈앞의 아야카에게로 시선을 돌렸다. 아, 그랬지. 아야카에게는 아직 중요한 이야기를 하지 않았다.

"그때 이야기만 들으면 그럴 수도 있어. 하지만 곤노는 분명 거짓말을 했어. 그걸 아니까 본인도 아무 반박 못했던 거야."

"그건 또 무슨 소리야?"

나오는 테이블 위에 있던 『눈의 단장』에 손을 올렸다. 이 책이 열쇠였다.

"그러니까……."

"어, 시다 아저씨?"

별안간 아야카가 큰 소리를 내며 일어났다.

"저기 있는 거 시다 아저씨 아냐? 저기!"

창밖을 가리키는 아야카의 손을 따라 나오도 바깥 도로로 고개를 돌렸다. 인도를 걷는 사람들이 보이기는 했지만, 시다 같은 사람은 없었다.

"어디?"

"저 사람 말이야! 복장은 완전 달라졌지만, 얼굴하고 걸음걸이가 딱 시다 아저씨야. 난 자주 봐서 알아. 학원 쪽으로 가는데?"

"잘못 본 거 아냐?"

약속 시간까지는 아직 여유가 있었다. 그리고 만나기로 한 장소는 오후나 역 개찰구 앞이었다.

'아, 그렇지.'

나오는 순간 당황했다. 시다에게는 학원 여름방학 특별대비반이 있다고 말해두었다. 학원 수업 전에 만날 생각이었는데, 시다는 나오와 아야카가 수업을 마치고 오는 걸로 착각했는지도 모른다. 오후나 역에 일찍 도착해서, 학원까지 마중하러 가는 건지도 모른다.

두 사람은 황급히 짐을 챙겨서 쟁반을 놓고 가게 밖으로 뛰쳐나갔다. 큰길을 둘러봤지만 역시 시다로 보이는 인물은 없었다.

아야카가 무거운 가방을 안고 냅다 달리기 시작했다. 나오도 하는 수 없이 뒤를 따랐다.

"시다 아저씨! 잠깐만요!"

학원 앞에서 희끗희끗한 머리의 자그마한 남자가 돌아봤다. 하얀 바지에 데님 셔츠를 입고, 가느다란 테의 고급스러운 안경을 끼고 있었다. 어째서인지 술병인 듯한 꾸러미와 작은 종이봉투를 들고 있었다.

남자는 동그란 눈을 가늘게 뜨며 나오와 아야카를 보았다. 그리고 겸연쩍은 듯 씩 웃었다.

"여, 오랜만이야."

목소리를 듣고서야 시다라는 걸 알았다. 예전과는 차림새가 너무 달랐다. 민머리에 화려한 티셔츠를 입은 모습밖에 본 적이 없었다.

"오랜만이에요."

나오도 인사를 건넸다. 여러 가지로 궁금한 건 많았지만, 말문을 열기도 전에 아야카가 외쳤다.

"그 차림새는 뭐에요? 변장이잖아요!"

시다는 무심한 얼굴로 제 복장을 내려다봤다.

"아, 이거. 전처럼 하고 다닐 수는 없어서 말이야. 매일 병원에 가야 해서……."

"병원? 아저씨 어디 아파요?"

"아니……."

순간 시다는 말을 흐렸다.

"내가 아니라 집사람이 아파. 봄부터 연락을 하고 지냈는데, 구게누마의 내 아지트에 찾아왔을 때 갑자기 상태가 나빠졌거든. 구급차를 불러서 병원에 가서 일단 안정되긴 했는데, 혹시 몰라서 정밀검사를 받았더니 배에 종양이 있다는 거야."

나오는 곤노의 이야기를 떠올렸다. 시다의 가족이 그를 찾아왔다는 것, 구급차를 불렀다는 건 사실이었다.

"뭐, 치료방법이 없는 것도 아니고, 그렇게 심각한 수준은 아니지만 간병인이 필요해서 집사람이 사는 도쿄집으로 돌아가게 된 거지."

"그런 사정이 있었으면 말을 하면 되잖아요! 다들 걱정
했단 말이에요, 저도, 나오도."

"그러게. 미안해."

짐을 든 채 시다는 정중히 고개를 숙였다.

"상황이 좀 안정되면 연락을 해야지 했는데, 앞날이 창
창한 젊은이들이 나 같은 영감하고 엮일 필요가 있나 싶
어서. 간병하는 동안 시간이 이렇게 흘렀네."

시다의 커다란 눈망울이 나오 쪽으로 향했다. 엄한 듯
하지만 다정한, 웃음기가 어린 눈동자였다.

"어때, 공부는 열심히 하고 있어? 너한테 그 얘기를 하
려고 왔어. 이 중요한 시기에 나를 찾아다닌다는 소문을
들어서."

정말 곤노의 예상대로 일이 진행됐다. 그만큼 시다의
성격을 잘 아는 것이다.

"네, 하고 있어요."

"그래. 다행이군……. 아무튼 걱정 끼쳐서 미안해."

"아니에요. 부인 분은 괜찮으세요?"

"다행히 치료는 잘 받고 있어. 많이 좋아졌지. 고스가
이야기를 하니, 마침 좋은 기회니까 다른 사람들한테도
인사를 하고 오라고 해서. 너희 만나고 나서 비블리아 고
서당에도 가보려고."

시다는 그렇게 말하며 술병을 들었다. 그리고 다른 손에 든 종이봉투에서 포장된 작은 상자를 꺼내 나오와 아야카에게 건넸다. 크기에 비해 묵직한 상자에서는 희미하게 좋은 향기가 났다.

"너희 선물은 이거. 요새 인기라는 입욕제인데, 피로회복에 좋대."

"와, 감사합니다."

아야카는 마냥 기뻐했지만, 나오는 은근히 쓸쓸한 기분이 들었다. 분명 부인의 조언으로 고른 선물이리라. 제대로 된 복장을 갖추고, 아픈 아내를 간병하며, 상대를 고려한 선물을 들고 나타난 시다는 정말 지극히 평범한 생활로 돌아간 것이다. 이제 그 강변에서 살 일은 없으리라. 그곳에서 나오가 시다와 함께 보낸 시간도 다시는 돌아오지 않는다.

"오늘 곤노와는 안 만나세요?"

그렇게 묻자 시다는 짙은 눈썹을 찌푸렸다.

"……곤노."

아무 억양도 없이 그렇게 중얼거리는 목소리를 듣고 나오의 가슴에는 당혹감이 번졌다.

"곤노 유타요. 선생님하고 친하게 지내던 고등학생인데, 저처럼 강변에서 책 이야기를 했다던……."

"그 곤노 유타라는 게 누구 말하는 거야?"

시다는 고개를 갸웃거렸다.

"거기서 나하고 책 이야기를 하는 별종은 너밖에 없는데."

갑자기 바닥에 구멍이 뻥 뚫린 것 같았다. 나오는 망연자실한 표정으로 우두커니 서 있었다.

여름을 느끼게 하는 풍성한 구름이 푸른 하늘을 흘러간다.

8월치고는 시원한 오후였다. 풍향이 바뀌었는지 희미하게 바다 내음이 났다. 나오가 있는 강가는 바다와 가까웠다.

몇 시에 간다고 말하지는 않았는데, 도착하자마자 곤노가 나타났다. 콘크리트블록 경사면을 무겁게 밟으며 천천히 내려왔다.

"아까 선생님을 만났어."

곤노가 걸음을 멈추기를 기다리고, 나오는 그렇게 말했다.

"……그랬군요."

곤노는 잠긴 목소리로 대답했다.

"선생님은 네 이름도 몰랐어……. 사실은 거의 면식도 없는 사이지?"

대답은 없었다. 나오는 아랑곳하지 않고 말을 이었다.

"처음 이야기를 나눈 건 여기서 선생님의 부인 분이 갑자기 쓰러지셔서 구급차를 불렀을 때…… 선생님 이야기로는 5월 초였어. 선생님이 이곳을 떠나기 직전이라 친해질 시간도 없었지. 나보다 친한 줄 알았는데, 사실은 그 반대였어."

나오와 함께 있을 때 시다가 곤노에게 말을 걸었던 건, 며칠 전 아내를 도와준 은인이었기 때문이다. 나오 같은 '제자'였기 때문이 아니었다.

"그럼 『눈의 단장』에 대해서도 시다 씨에게 들었겠네요."

"그건 저번에 이야기했을 때부터 대충 짐작이 갔어."

나오는 가방에서 두 번째로 받은 『눈의 단장』을 꺼냈다. '고마워'라는 메시지가 적힌 책이다.

"아이스박스에 있던 이 『눈의 단장』, 이 고단샤판 양장본에는 작가 후기가 실렸지만, 네가 가진 문고본에는 없어."

문고본에 실린 건 다른 작가의 해설이었다. 아까 시다에게 들은 이야기로는, 작가가 세상을 떠난 뒤 다른 출판사에서 복간된 판본에 실릴 때까지, 이 후기의 존재를 몰랐던 팬들도 많았다고 한다.

"하지만 너는 후기 이야기를 했어. 문고판 말고는 『눈의 단장』을 읽어본 적 없을 텐데도. 왜 거짓말을 할 필요가 있었을까. 생각해봤어……. 이 양장본은 내가 아니라 네가 선생님에게 받은 선물이 아닐까."

나오는 곤노의 답을 기다렸지만, 둘 사이에는 침묵만 이 흐를 뿐이었다.

"선생님에게 확인했더니 내 생각이 맞더라고. 부인 분이 쓰러지셨을 때 도와준 남자애한테 감사의 마음을 담아 책을 선물했다고…… 다음날에 다리를 지나가는 걸 보고 쫓아가서 줬다고. 그래서 '고마워'라는 메시지가 있던 거야."

고맙다는 말은 적혀 있었지만 받는 사람의 이름은 없었다. 곤노의 이름을 몰랐기 때문이었다.

"넌 이 책을 선생님이 나에게 주는 선물이라고 했어. 선생님이 여러 사람들에게 『눈의 단장』을 선물한다는 사실을 몰랐던 거야. 내가 이미 받았다고 하니까, 황급히 자기도 받았다고 둘러대서 말을 맞췄어. 선생님과 친한데 안 받았다는 건 부자연스러우니까. 나중에 어느 고서점에서 『눈의 단장』을 샀겠지. 그때 깜빡하고 후기가 없는 문고본을 골랐어……."

"……다 알았으면 이제 그만해도 되잖아요."

곤노는 목소리를 쥐어짜 그렇게 말했다. 고개를 숙인 채 목까지 새빨갛게 물들어 있었다.

"아니, 아직 모르는 게 두 가지 있어."

나오는 시선을 피하지 않고 말을 이었다. 앞으로 서로의 입에서 어떤 말이 나오더라도, 끝까지 그럴 작정이었다.

"첫 번째는 왜 거짓말을 해서 이『눈의 단장』을 나에게 선물한 것으로 했지? 두 번째는⋯⋯."

한 번 숨을 들이마셨다. 두 번째 의문이 더욱 중요했다.

"너, 시다 선생님하고 무슨 사이야? 넌 선생님에 대해 잘 알아. 나하고 아이스박스를 이용해 서로 책을 교환하던 것도 그렇고, 드나드는 고서점도 잘 알았지. 어떤 성격인지까지 파악했잖아. 하지만 선생님은 네 얼굴 정도밖에 몰라. 뭔가 있는 것 같았지만, 자세히 듣지는 못했어⋯⋯. 말하고 싶지 않은 것 같았지. 대체 무슨 사정이 있는 거야?"

태양이 구름 뒤로 숨어서 주변 풍경의 빛깔이 바랬다. 곤노는 눈만 치켜떠서 간신히 나오를 보았다.

"고스가 씨라면, 제가 말하지 않아도 알 수 있잖아요."

"네 입으로 듣고 싶어."

그렇게 말하고 나서 나오는 이렇게 덧붙였다.

"'두려워하지 말고 말해봐, 반드시 네가 먼저 말해야 해.'"

곤노는 숨을 내쉬며 희미하게 웃었다. 한숨과 자조가 섞인 복잡한 웃음이었다.

"전 그 주인공처럼 고집 센 편이 아니에요. 남들이 좋아할 만한 사람도 아니고요."

갑자기 자포자기한 것처럼 곤노가 고개를 들고 허리를 쭉 폈다. 그리고 맞은편 강가에 늘어선 건물 중 하나, 아무 특징도 없는 하얀 이층집을 가리켰다.

"저 창문, 보여요? 파란 커튼을 친."

"응. 알아."

여기서 시다와 이야기를 나눌 때면 반드시 시야에 들어오는 창문 중 하나였다. 늘 커튼이 쳐져 있던 것 같기도 하다.

"저기가 제 방이에요. 맨션에 산다고 한 건 순간적으로 튀어나온 거짓말이었어요. 강가에 있는 집이라고 하면 정체가 들통 날 것 같아서. 오늘도 방에서 고스가 씨가 강가에 오기를 기다렸어요."

"그랬구나……."

듣고 보니 처음 만난 날도, 오늘도, 곤노는 나오가 도착하자마자 바로 강가에 나타났다. 우연이라고 하기에는 너무 타이밍이 절묘했다.

"중학교 2학년 무렵부터 학교에서 왕따를 당했어요. 결석하는 날도 많았고, 그런 날에는 집에 틀어박혀 밥 먹고 온라인 게임 한 뒤에 잤어요. 그 무렵에 강가에 노숙자가 살기 시작했어요. 그 사람은 아침에 일어나서 일하고, 돌아와서 책을 읽고…… 의외로 즐겁게 사는 거예요. 매일 보다 보니 점점 눈에 거슬려서, 짜증이 나더라고요. 그래서……."

나오는 시다에게 들은 이야기를 떠올렸다. 이따금 물건을 뒤집어엎거나, 경찰에 신고하는 일이 있었다.

"선생님을 괴롭힌 게 너였구나."

"네, 그렇게 스트레스를 풀었어요. 쓰레기죠? '아저씨 덕에 헤쳐 나올 수 있었다'는 말은 사실이에요. 노숙자를 괴롭히는 걸로 스트레스를 풀어서, 간신히 졸업했거든요. 고등학교는 안 갔지만."

곤노의 뺨이 일그러졌다. 금방이라도 울음을 터뜨릴 것 같았다. 시다의 장부를 본 적 있다는 것도 멋대로 훔쳐본 것뿐이었던 것이다.

시다도 이 소년이 물건을 뒤지는 범인임을 알고 있었을 것이다. 나오 앞에서 곤노에게 말을 걸었을 때 '근처에 사는데, 가끔 여기 와.'라고 설명했다.

"하지만 작년 여름에 제 인생이 바뀌었어요. 여자애가 강가에 찾아와 노숙자하고 이야기를 나누는 거예요……. 키가 크고 아주 예쁜…… 웃으면 귀여운……."

거기서 힘이 다했는지 어깨를 들썩이며 숨을 쉬었다.

얼굴은 더욱더 붉어졌다. 누구 이야기를 하는 건지 알아챌 때까지 잠시 시간이 걸렸다.

"나, 나 말이야?"

"그래요! 그럼 달리 누가 있겠어요! 젠장…… 창피해. 이게 뭐야."

그건 나오 역시 마찬가지였다. 달아오른 얼굴에서 땀이 솟구쳤다. 간신히 말문을 연 건 곤노 쪽이었다.

"그 여자애는 노숙자하고 책 이야기를 하는 것 같았어요. 너무 즐거워 보여서, 나도 저기 끼고 싶다……. 더 정확히 말하면 저 여자애와 친해지고 싶다고 생각했어요."

곤노는 성난 듯 빠르게 말을 쏟아냈다. 말문이 막힌 나오는 그저 이야기에 귀를 기울였다.

"하지만 방에 틀어박힌 쓰레기한테 그런 기회가 있을 리 없죠. 검정고시 봐서 대학에 가야겠다는 생각이 들어서 학원도 등록했어요. 아르바이트해서 옷도 사고, 미용실에서 머리도 자르고. 이야기를 맞추려고 책도 읽고……. 턱에 있는 반점 때문에 남들하고 이야기하는 것도 힘들었지만, 조금 자신감이 생겨서 이제 좀 괜찮아졌나 싶었을 즈음, 시다 씨 가족을 돕게 됐어요. 시다 씨에게 『눈의 단장』을 선물 받았을 때는 잘됐다 싶었어요. 읽어보니 엄청 재미도 있었고요. 이제 이 방을 나가서 저

강가에서 책 이야기를 할 수 있겠구나, 저 아이와도 친해져서 저쪽 사람이 될 수 있겠구나, 기뻐했는데……. 시다 씨가 없어진 거예요. 짐도 전부 없어지고……."

이야기가 겨우 처음 곤노와 만난 날까지 이어졌다. 나오와 접점을 가지기 위해 거짓말을 해서 『눈의 단장』을 건넸다. 시다를 찾는 일에도 동참했다. 그리고 드디어 책 이야기를 하자는 말을 꺼냈다. 곤노 나름대로 머리를 짜내 행동한 결과였던 것이다.

만일 시다가 조금만 더 집에 늦게 돌아갔다면, 곤노는 정말 '제자' 중 하나가 되었을 것이다. 분명 시다도 그럴 작정으로 다리 위에 있던 그에게 말을 걸었으리라.

"고스가 씨하고 이야기해보니 정말 똑똑하고, 멋지고, 심성도 올곧은 사람이었어요. 그런 사람이 저 같은 놈의 심정을 어떻게 알겠어요. 정리하자면 이런 거예요. 곤노 유타는 노숙자를 괴롭히는 거짓말쟁이 쓰레기! 헤어지기 전에 털어놓을 수 있게 해줘서 정말 감사합니다!"

곤노는 고개를 푹 숙이고 인사를 했다. 그 자세로 두 눈을 연신 비볐다. 하지만 고개를 들었을 때 눈물을 온데간데없이 사라져 있었다.

"그럼 안녕히."

"곤노."

멀어지려는 뒷모습을 향해 나오는 조용히 말했다.

"자기 이야기를 들려줘서 고마워. 기뻤어."

곤노는 화들짝 놀라 뒤돌아봤다.

고스가 나오는 자신에 대해 잘 알고 있었다. 직접적으로 예쁘다는 말을 들은 적은 한 번도 없었다. 머리도 딱히 좋지 않다. 곤노의 목적을 자력으로는 알아낼 수 없었다. 일전에 본 모의고사에서는 제1지망 대학은 어려울 것이라는 결과가 나왔다.

그리고 멋지지도, 심정이 올곧지도 않다. 노숙자에게 책을 훔쳐서 한동안 돌려주지도 않았다.

전부 이야기하면 곤노가 나오를 보는 눈은 달라질지도 모른다.

하지만 두렵지는 않았다. 자신이 먼저 숨김없이 털어놓기로 했다.

"지금부터 내 이야기를 들어줬으면 좋겠어."

나오는 고개를 꼿꼿이 들고 피하지 않고 똑바로 곤노를 바라보았다.

그는 몸을 돌려 조심스레 나오를 향해 다가왔다.

＊

　"그래서 두 사람은 어떻게 됐어?"

　도비라코가 물었다. 지나다니는 차는 많았지만 식당 안까지는 시끄러운 소리가 들리지 않았다. 기묘할 정도로 고요했다.

　"음……. 분명 서로 이야기를 나누며 전보다 친해지지 않았을까?"

　대충 둘러대고 시오리코는 자리에서 일어났다. 실은 두 사람이 그 뒤로 어떻게 됐는지 자세히는 모른다. 필요도 없이 남의 일에 관심을 가지지 않는 것이 그녀의 신조였다. 하지만 몇 년 뒤에 곤노 유타가 고스가 나오와 같은 대학에 들어갔다는 이야기만은 알고 있었다.

　"어땠어?"

　"잘 모르겠지만……."

　도비라코는 말을 흐렸다. 개인정보가 유출되지 않도록 디테일을 바꿔서 이야기했으니 석연치 않은 반응을 보이는 것도 이해가 갔다.

　"하지만 재미있었어. 모르는 사람들끼리도 책 이야기를 하며 친해질 수 있구나."

"그래. 그런 일도 있어……. 늘 그런 건 아니지만."

이제야 하고 싶은 말이 전해진 기분에 시오리코는 안심했다. 도비라코는 눈을 빛내며 말했다.

"책이 있으면 모두 싸우지 않고 행복해질 수 있구나. 굉장하다."

"어…….."

그렇게까지 말할 생각은 아니었다. 오히려 한 권의 책을 둘러싸고 인간들이 반목하며, 서로를 상처 입히는 장면을 몇 번이나 보아왔다. 시오리코 자신이 당사자였던 적도 있었다. 하지만 아직 유치원생인 딸에게 거기까지 가르쳐도 될까?

오늘만 해도 벌써 세 권의 책에 대해 이야기했지만, 솔직히 성공한 것 같지는 않았다. 다이스케라면 이런 이야기를 잘 전달할 수 있을 것 같았다. 귀국하면 상의해보자.

"자, 아빠 책을 찾아야지. 파란 커버의 문고본이지?"

도비라코는 희귀한 절판본이 보관된 안쪽 책장으로 다가갔다. 이곳에 오는 길에 하도 끈질기게 물어서, 커버 색깔을 밝힐 수밖에 없었다. 먼저 찾아내지 않으면 내용을 읽을지도 모른다.

시오리코는 도비라코와 떨어져 책장 사이를 지났다. 제일 안쪽에 블라인드를 쳐놓은 창문이 있었고, 낡은 나무 의자가 놓여 있었다. 옆 건물이 철거된 까닭에 이 창문으로는 빛이 잘 들어왔다. 다이스케가 일하는 도중에 이곳에서 휴식을 취한다는 사실을 시오리코는 전부터 눈치채고 있었다.

'……역시'

실금이 간 의자 위에 파란 가죽 커버를 씌운 문고본이 놓여 있었다. 분명 휴식 중에 읽다가 깜빡하고 여기 둔 것이다.

"엄마, 찾았어?"

딸의 목소리를 들은 순간, 시오리코는 아차 싶었다. 지금 입고 있는 옷은 얇은 니트에 롱스커트였다. 스커트 주머니는 두꺼운 문고본이 들어갈 정도로 크지 않았다. 니트 밑에 숨길 수도 없었다. 지갑을 넣어온 손가방은 식당 카운터 위에 올려두었다.

"이쪽엔 없네."

그렇게 대답했지만 아마 시간을 벌 수는 없으리라. 반드시 딸은 제 눈으로 확인하려 할 것이다.

재빨리 근처 서가를 둘러봤다. 비교적 최근에 나온 문고본을 주로 보관하는 책장이다. 다소 빈 공간이 있기는 했지만, 그냥 꽂아놓기만 하면 금방 들킬 것이다. 유치원생의 눈이 닿지 않는 위쪽 칸에는 전집이 빼곡히 꽂혀 있었다. 문고본 한 권 들어갈 틈도 없었다.

순간 생각한 뒤 시오리코는 재빨리 문고본에서 가죽 커버를 벗겨 책만 꽂았다. 그리고 손을 돌려 니트를 올린 뒤 스커트와 허리 사이에 가죽 커버를 끼워 넣었다. 다시 니트를 내린 순간 도비라코가 얼굴을 쏙 내밀었다.

"저쪽에는 없는 것 같아."

"그래……? 큰일이네. 여기도 찾아봤는데 없어."

시오리코는 난처한 표정을 지었다. 그렇지만 딸은 좌우 책장을 꼼꼼히 살피며 이쪽으로 다가왔다. 책 제목을 모르는 도비라코는 무엇이 '다이스케의 책'인지 알지 못할 것이다.

"아, 이 책!"

도비라코는 아까 다이스케의 문고본을 꽂은 부근을 향해 손을 뻗었다. 심장이 멎는 줄 알았는데, 딸이 꺼낸 건 다른 책이었다.

우치다 햣켄의 『임금님의 등』. 후쿠타케 문고. 굵은 서체로 쓴 큼지막한 글자가 배치된, 다무라 요시야의 커버 장정이 특징적인 책이었다.

"『임금님의 등』, 가게에서 읽었어. 이거 말고 더 크고 오래된 책. 재미있었어……. 아, 엄마는 알지."

목소리에 활기가 돌았다. 물론 무슨 일이 있었는지는

안다. 벌써 반년도 더 된 한겨울의 일이었다. 시오리코에게는 불쾌감이 따라붙는 기억이었지만, 이 아이에게는 아닐 테지.

"그때 가게에 왔던 아저씨, 또 안 와?『임금님의 등』이야기를 했어. 재미있었는데……."

"도비라코."

시오리코는 허리를 굽혀 딸과 시선을 맞췄다. 앞으로 진지한 이야기를 하겠다는 예고나 다름없었다. 도비라코의 입가에 번졌던 미소가 사라졌다.

"그 아저씨는 이제 다시 안 와. 혹시라도 오면, 이야기하기 전에 아빠나 엄마를 불러."

상대방도 다시 오지는 않을 것이다. 그때 남편과 상의해 아이에게는 정체를 밝히지 않기로 했다. 굳이 알릴 필요가 없다고 생각했기 때문이었다.

"왜? 책 이야기를 하면서 친해지는 건 좋은 일이잖아. 다들 행복해질 거야!"

이 아이는 아직 모른다. 한 권의 책을 둘러싼 이야기가 반드시 즐거운 것이란 법은 없다. 책과 얽혀서 불행해지는 사람도 있다.

"책을 좋아하는 사람이라면 누구하고나 친해질 수 있는 건 아냐. 친해질 수 없는 사람도 있어."

도비라코는 의아한 표정이었다. 불현듯 시오리코의 가슴에 의심이 피어올랐다. 정말 그럴까. 지금은 어려워도 언젠가는 친해질 수 있는 사람이 있을지도 모른다. 부모라면 그런 사실을 딸에게 전해줘야 하지 않을까.

"그 아저씨, 왜 이제 안 와?"

언젠가는 이야기할 생각이었다. 조금 더 어른이 되면. 더 판단력이 생기면. 하지만 지금이 아닐 이유는 떠오르지 않았다.

"이제 안 오는 이유, 정말 알고 싶어?"

"알고 싶어!"

순간의 주저도 없이 대답했다. 이 적극적인 호기심은 위험하다. 아마 여기서 말해주지 않으면, 스스로 돌아다니며 캐낼 테지. 『임금님의 등』을 둘러싼 이 이야기에도 많은 사람들의 개인정보가 얽혀 있다. 최소한의 사정을 밝히고 나서 비밀 보장을 약속받는 게 좋을 것 같았다.

"아무한테도 이야기하지 않겠다고 약속할 수 있어?"

"할 수 있어! 약속할게."

도비라코는 어머니의 새끼손가락을 억지로 세워서 그대로 위아래로 힘차게 흔들었다. 약속의 표시인 모양이다. 손가락이 부러질 것 같았다.

"알았어. 잘 들어."

솔직히 시오리코도 궁금하기는 했다. 자신도 당사자 중 한 명이었던 책의 이야기를 이 아이가 어떻게 받아들일지. 거기서 무언가를 배울지도 모른다.

"그날 아빠와 엄마가 급한 볼일로 외출했던 건 도비라코도 기억하지? 마침 쉬는 날이라 집에 놀러 왔던 아야카 이모에게 가게를 맡기고……."

『王様の背中』

― 内田百聞 ―

樂浪書院

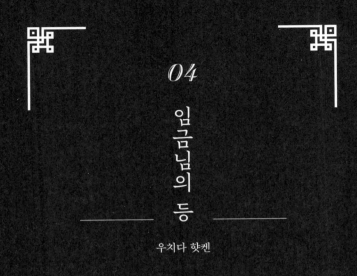

04

임금님의 등

우치다 햣켄

라쿠로우쇼인

창문 너머로 보이는 비온 뒤의 대나무 숲은 한겨울인데도 그 푸른 빛을 유지하고 있었다. 다다미방은 널찍했지만, 건물 구조 때문인지 무척 추웠다. 낡은 흙벽에 어울리지 않는 새 에어컨은 큰 효과를 발휘하지 못했다.

이곳은 기타가마쿠라에 있는 전통 가옥이다.

"가게 이름이 뭐라고 하셨죠."

탁자 너머의 나이 지긋한 여성이 쉰 목소리로 물었다. 실내복인 듯한 조끼와 스웨터는 모두 회색이었는데, 마치 상복 같은 느낌이었다.

"마이스나 도구점입니다. 저는 선대 사장 요시와라 기이치의 아들 요시와라 고지라고 합니다."

자기소개를 하는 건 이번이 세 번째였지만 그도 그럴

법했다. 고서 출장 매입을 가면서 명함을 잊어버린 초보적인 실수를 저지른 건 다름 아닌 자신이었기 때문이었다. 상대도 일일이 가게 이름을 확인할 수밖에 없겠지. 이 자리에 아버지가 있었다면 지팡이로 두드려 맞았을 실수였다. 그런 기운이 남아 있다면 말이다.

요시와라 고지는 요코하마에서 고미술품과 고서를 취급하는 마이스나 도구점의 3대 사장이다. 종업원은 없고, 상호는 있지만 실제 점포는 없었다. 마흔이 넘은 고지가 혼자 근근이 가업을 잇고 있었다.

오늘은 기타가마쿠라에 살던 애서가의 집을 찾았다. 지난달에 세상을 떠난 직후였다.

"야마다 씨…… 돌아가신 바깥 분께는 아버지 대부터 신세 많았습니다. 전부터 자주 저희 가게를 이용해주셔서……."

"그랬죠."

노부인은 연신 고개를 끄덕였다.

"딱히 방탕한 생활은 하지 않지만, 고서 수집과 옷에 집착하는 취미는 죽을 때까지 가지고 갔어요. 책은 공간을 차지할 수밖에 없잖아요. 저나 아들은 가치도 잘 모르고, 언젠가는 처분해야겠다고 생각했습니다. 장례식을 치른 뒤부터 고서점 분들이 하나둘 찾아오셔서 거의 가져가셨어요."

그 설명을 듣는 것도 세 번째였다. 이미 텅 빈 서재도 봤다. 요컨대 고지가 너무 늦게 온 것이다.

"살 때는 비싼 값을 치른 책도 있었는데, 팔 때는 너무 싼 값이라 깜짝 놀랐어요. 그분들도 다 남편과 친분이 있었다고 하셨지만, 저는 잘 몰라서요. 가격 흥정도 아들에게 맡겼죠."

"전혀 친분이 없었어도, 그런 구실로 찾아오는 동업자들도 가뭄에 콩 나듯 있긴 합니다. 부끄러운 이야기지만."

고지는 맞장구를 치며 식어버린 차를 마셨다. 옛날 고서점 주인들은 신문의 부고란을 거르지 않고 확인했다고 들었다. 애서가의 부고 소식을 들으면, 면식이 없어도 '장서를 처분해달라는 고인의 부탁을 받았다'며 쳐들어와 억지로 책을 사들였다고 한다. 요즘 시대에 그런 방법이 통용되지는 않겠지만, 얄팍한 친분만으로 나타난 업자도 없지는 않겠지.

고지가 이 야마다 집안에 연락을 취한 경위도 그와 별다를 바 없었다. 아버지 대에 고서 목록을 보낸 고객 이름을 하나씩 페이스북에서 검색하다가, 동성동명의 계정과 아들이 올린 듯한 부고 글을 발견했다. 그걸 보고 연락을 취한 것이다.

80세에 세상을 떠난 야마다 요스케는 몇 년 전까지 회사를 경영했다. 메이지부터 쇼와 초기까지 발행된 희귀한 문예서를 수집하기도 했다. 생전에 본인이 올린 글은 대부분 기모노 차림의 사진과 고서를 소개하는 것이었다.

고집이 느껴지는 전통 일본식 저택에서 고서에 둘러싸여 기모노 차림으로 살아가는, 시대에 뒤떨어진 늙은이의 회고 취향이라 자조하기도 했지만, 그런 생활을 SNS에 공개해 승인욕구를 채우는 모습은 오히려 시대의 최첨단을 달린다고 해야 할까. 여생을 즐기는 취미인이라는 느낌이었다.

"이 댁에 장서는 이제 없다는 말씀이시죠?"

고지는 다시 물었다. 둘러본 바로는 고서라곤 흔적도 찾아볼 수 없었지만, 처음에 전화했을 때에는 어느 정도는 남아 있다는 듯한 뉘앙스로 말했다. 그리고 방금도 '거의' 팔았다고 했다.

"같이 사는 아들 책은 있지만, 거의 경제서나 만화책 같은 겁니다. 제 아버지와 달리 고서에는 관심이 없나 봐요."

말은 그렇게 했지만 부인 역시 마찬가지였다. 애서가의 가족이 고서를 전혀 사랑하지 않는 케이스는 흔했다.

결국 시간을 들여 이야기를 나눴음에도 빈손으로 돌아가게 될 것 같다. 그럼 이만, 하고 고지가 엉덩이를 들려 했을 때, 노부인이 생각났다는 듯 입을 열었다.

"이제 고서는 없는 줄 알았는데, 아들은 샅샅이 집을 뒤졌죠. 아직 팔 만한 게 있을지도 모른다면서요…….
아까 창고에 있던 낡은 책을 발견했어요."

"정말입니까?"

고지는 다시 자리에 앉았다. 그러면 그렇다고 더 빨리 말해주면 좋았을 텐데. 노부인은 미소 띤 얼굴로 고개를 끄덕였다.

"네. 그래서 아까 아들이 근처 고서점에 가져갔어요."

혀를 차고 싶은 걸 참느라 힘들었다. 좋다 말았네. 정말 재수 옴 붙은 날이라 생각하며 이번에야말로 일어나려던 고지가 순간 동작을 멈췄다. 이 기타가마쿠라에서 근처 고서점이라면…….

"어느 가게에 가셨나요?"

"비블리아 고서당에요."

고지는 어금니를 악물었다. 화를 참으려는 것인지, 쓰디쓴 기억을 견디는 것인지, 스스로도 분간이 가지 않았다. 비블리아 고서당과는 악연이 있다. 7년 전, 그의 아버지를 무너뜨린 시노카와 시오리코의 가게였다.

스스로 생각했던 것보다 동요했던 모양이다. 현관에서 문으로 향하는 도중에 디딤돌을 헛디뎌 미끄러지는 바람에 찬 진흙탕에 엉덩방아를 찧었다.

배웅을 나온 노부인이 코트를 닦아 말려주겠다고 했지만, 자기가 잘못해놓고 그렇게까지 신세를 질 수도 없는 노릇이었다. 고서를 운반하려고 가져온 보자기로 코트를 싸며, 급한 일이 있다고 둘러댔다.

그러자 노부인은 고인이 애용했다던 트위드 소재의 인버네스 코트를 빌려주었다. 케이프는 달렸지만 소매는 없는, 19세기 초의 기록 영상에 나올 법한 고풍스러운 옷이었다. 기모노에도 양복에도 두루 어울린다며 겨울 코트는 늘 이 옷이었다고 했다. 디자인은 둘째 치고, 원단이며 만듦새가 고급스러웠다.

이런 옷은 생전 입어본 적이 없었다. 남들이 어떻게 볼지. 만일 아드님 코트가 있으면 좀 빌려달라고 조심스레 말을 꺼냈더니, 아버지에게 영향을 받은 아들도 겨울에는 이 코트만 입는다고 했다. 부자가 모두 괴짜인 것 같았다.

좌우지간 호의는 감사했다. 걸쳐보니 사이즈도 잘 맞았다. 팔 부분이 허전하기는 했지만, 생각보다 따뜻하고 쾌적했다.

"어머."

나가려는데 노부인이 눈을 가늘게 뜨며 말했다.

"어머, 이렇게 보니 우리 아들하고 닮았네요. 체격이

똑같아요."

뭐라 대답해야 할지 알 수 없어서 고지는 애매하게 웃었다. 인버네스 코트는 세탁해서 돌려드리겠다고 약속한 뒤 야마다 가를 뒤로했다.

기타가마쿠라의 산 쪽에 자리한 주택가는 녹지가 많고 조용했지만, 장소에 따라서는 길 폭이 무척 좁은 곳이 있었다. 야마다 가는 경차 한 대가 지나는 게 고작인 좁은 골목에 있어서, 고지도 차는 가져오지 않았다.

언덕을 내려가 요코스카 선의 기타가마쿠라 역으로 향했다. 어제 내린 비의 흔적이 곳곳에 남아 있었다. 오늘은 이따금 화창했지만, 불어오는 바람은 살을 에듯 싸늘했다.

야마다 요스케는 이 코트의 매력에 대해 쓴 글을 페이스북에 자주 올렸다. 격식 있는 자리에도 입을 수 있으며, 기모노에도, 양장에도 잘 어울리고, 어디서든 주목을 받을 수 있다 등등. 관심이 없는 고지조차 읽어보게 한 열정이었다. 아들도 그에 감화되었겠지. 차림새에 신경을 쓰는 건, 외출하고자 하는 기력이 남아 있는 증거다.

아버지도 현업에 종사할 때는 나름대로 차림새에 신경을 썼다. 오랫동안 해외를 돌며 매입한 골동품이나 고서를 국내에서 판매했다. 좋은 물건을 파는 사람은 좋은 옷을 입을 필요가 있다는 게 아버지의 지론이었다.

실제로 고객들에게는 신뢰를 쌓았다. 경기가 나빠지기 시작하자, 일본의 고미술품을 해외에 판매하는 사업으로 방향을 틀어 안정된 수익을 얻었다.

고지가 아버지의 운전기사가 된 건 15년 전이었다. 젊은 시절에는 가업을 이을 생각이 전혀 없었다. 대학을 나와 평범하게 취직했지만, 다니던 회사가 부도가 나서 마이스나 도구점에서 후계 수업을 받게 되었다. 사람 부리는 게 험하고 일에는 까탈스러운 아버지였지만, 회사원일 때보다 급료는 두둑이 챙겨주었다. 얼른 사람 구실을 하게 만들려는 부모 마음이었으리라.

기운이 넘치는 아버지는 곁에서 보기에도 믿음직스러웠다.

하지만 스승인 구가야마 쇼다이가 입수한 뒤로 행방이 묘연해졌다는 셰익스피어의 퍼스트 폴리오에 대한 집착은 비정상적이었다. 그 책을 손에 넣기 위해서라면 무슨 짓이든 하겠다는 소리까지 했다. 그 강한 집착이 아버지의 약점처럼 보였다.

고지의 우려는 현실이 되었다. 아버지는 자신이 제안한 덫에 걸려 입수했던 퍼스트 폴리오를 고서조합의 작은 시장에 출품했다. 폴리오는 어처구니없는 가격으로 비블리아 고서당에 넘어갔다. 지금까지 들인 비용과 노력에 한참 못 미치는 금액이었다.

그 일 이후로 아버지는 완전히 늙어버렸다. 업무에서도 실수를 연발했고, 국내외 중요 고객들을 잃었다. 가게가 기울어갈수록 아버지의 뒷모습도 작아졌다.

심근경색으로 쓰러진 뒤로는 재활치료도 거부하고 거의 바깥출입도 하지 않았다. 최근에는 잔뜩 구겨진 잠옷 차림으로 침대에 누워서 지낸다. 효자손으로 등을 벅벅 긁으면서, 혼잣말로 누군가를 욕할 뿐이었다. 기이치의 생활비와 병원비를 내려고 아들이 얼마나 고생하는지는 전혀 관심이 없는 것 같았다.

이렇게 된 책임은 아버지에게 있다는 사실은 알고 있었다. 수단을 가리지 않는 교활하고 냉혹한 성격으로 많은 원한을 샀다. 하지만 비블리아 고서당의 그 인간들, 시노카와 시오리코와 고우라 다이스케, 그리고 시노카와 지에코가 없었다면 더 다른 형태의 여생을 보내고 있을 것이다. 마이스나 도구점도 이렇게까지 형편이 어려워지지는 않았을 것이다.

그들이 요시와라 기이치라는 인간을 파괴하고, 고지의 운명 역시 나쁜 쪽으로 바꿔놓은 것은 틀림없었다.

야마다 가에서 기타가마쿠라 역까지 가려면 비블리아 고서당 앞을 지나는 게 지름길이다. 올 때에는 일부러 멀리 돌아갔지만, 가는 길에는 그러지 않았다. 마치 겁을 먹은 것 같아서 불쾌했기 때문이었다.

선로를 따라 뻗은 도로로 나가 역 쪽으로 걸어가다 보니 낡은 이층집이 보였다. 이곳에는 7년 전 아버지의 운전기사로 한 번 방문했을 뿐이었다. 으스스할 정도로 예전 모습 그대로였다.

비블리아 고서당, 이라 적힌 회전식 간판 앞에서 걸음을 멈췄다. 유리문 너머를 들여다봤다. 안쪽 카운터에 젊은 여자가 앉아 있었다. 시노카와 시오리코인 줄 알았는데, 자세히 보니 아니었다. 짧은 머리에 빨간 하이넥 스웨터. 겨울인데도 볕에 탄 것처럼 피부가 까무잡잡했다.

아르바이트 직원일지도 모른다. 하지만 왠지 낯이 익은 얼굴이었다. 갑자기 여자와 눈이 맞았다. 입모양으로 아, 하고 말하는 걸 알 수 있었다.

여자는 일어나 카운터에서 나오더니 서둘러 유리문으로 다가왔다. 바로 떠나고 싶었지만 결국 움직이지 않았다. 대체 무슨 볼일인지 궁금했기 때문이었다.

문을 열고 나온 젊은 여자는 한동안 아무 말도 하지 않았다. 뭔가를 떠올리려는 듯 집게손가락을 빙빙 돌리다,

이내 뜻밖의 이름을 꺼냈다.

"아, 맞다. 야마다 씨! 야마다 씨 맞죠? 아까 책을 맡기고 가신."

고지는 말문이 막혔다. 대체 누구로 착각한 거지. 야마다. 책을 맡겼다. 그랬군. 짐작이 갔다. 야마다 요스케의 아들로 착각한 것이다. 아까 비블리아 고서당에 책을 팔러 갔다는 이야기를 들었다.

"언니하고 형부는 아직 안 왔어요. 곧 도착할 것 같은데 추우니까 안에서 기다리세요."

여자는 그렇게 말하더니 바로 안으로 들어갔다. 언니라는 인물이 누구인지 알아챘다. 이 여자는 시노카와 시오리코의 동생이다. 7년 전, 아버지와 이곳을 찾았을 때 고지도 얼굴을 본 기억이 난다.

그나저나 왜 자신을 야마다 요스케의 아들로 착각한 것일까? 깊이 생각할 것도 없이 여자는 웃는 얼굴로 돌아보며 말했다.

"역시 그 코트, 멋지네요. 인버네스 코트라고 하던가요? 저도 입고 싶어요. 여자 옷도 있으면 좋은데."

이 코트 때문인 모양이다. 분명 비슷한 색의 코트를 아들도 입고 있던 것이리라. 야마다 부인도 고지와 체격이 비슷하다고 했다. 흔히 볼 수 없는 코트에 정신이 팔려서 같은 인물이라고 생각하는 게 아닐까?

'그런 거라면 정말 바보 같군.'

고지는 삐뚜름하게 웃었다. 얼굴 생김새가 전혀 다를 텐데. 비블리아 고서당 사람들은 모두 두뇌가 비상한 줄 알았는데, 이런 예외도 있었군. 순식간에 긴장했던 자신이 바보처럼 느껴졌다.

동시에 야마다 요스케의 아들이 어떤 고서를 팔았는지 호기심이 생겼다. 이제 와서 손에 넣을 수는 없지만, 한 번 봐둬서 손해 볼 건 없겠지. 고지는 가게 안으로 들어갔다.

여자는 눈을 가늘게 뜨고 카운터로 다가오는 고지를 뚫어져라 쳐다봤다.

"어, 야마다 씨? 야마다 씨 맞으시죠……?"

"……그런데요."

고지는 태연한 척했다. 만일 들키더라도 장난이었다고 둘러대면 된다. 고지가 작정하고 속인 게 아니라, 이 여자가 멋대로 착각한 것이다.

"그렇죠? 죄송해요. 아까랑 느낌이 좀 다른 것 같아서. 취직하고 나서 시력이 점점 나빠져서, 결국 안경하고 콘택트렌즈까지 맞췄어요. 아직 적응이 덜 됐는지 매번 집에 깜빡 두고 나오지만요."

여자는 하얀 이를 보이며 씩 웃었다. 얼굴을 알아보지 못하는 건 머리가 나빠서만은 아닌 것 같았다.

그나저나 예전에 이곳에 왔을 때 이 여자는 고등학생이었다. 그런데 지금은 사회인이라니. 깜빡한 안경을 곧바로 가지러 갈 수 없는 곳에 '집'이 있다는 걸 보니, 독립해서 자취라도 하는 모양이었다. 세월 참 빠르다고 생각했다.

"짐이 늘었네요."

아야카는 젖은 코트를 싼 보자기를 가리키며 말했다. 그리고 어깨에는 얇은 서류가방도 메고 있었다.

"아, 이거요. 그렇게 됐어요."

고지는 말을 흐렸다. 관심이 없는지 아야카는 그 이상 묻지 않았다. 대신 카운터 너머로 몸을 내밀며 말했다.

"그래서 어땠어요? 카페는?"

"카페?"

"그 도게이지 옆에 새로 생긴 카페에서 시간을 때운다고 하셨잖아요. 저도 거기 가보고 싶었는데."

"음……. 나쁘지 않았어요."

보아하니 진짜 야마다는 여기서 멀지 않은 카페에 있는 것 같았다. 그리고 곧 이곳 주인도 돌아온다고 한다. 내놓은 고서만 구경하고 얼른 사라지는 게 좋을 것 같다.

카운터에 펼쳐놓은 보자기 위에 낡은 책 몇 권이 쌓여 있었다. '야마다'라는 성이 적힌 매입전표도 위에 올려져 있었다. 이것이 야마다 요스케의 마지막 장서인가. 가이조샤의 현대문학전집 낱권 몇 권과 주오고론샤의 모리타 다마의 『목면 수필』, 커버가 없는 긴세이도의 아쿠타가와 류노스케 『점심』 등. 모두 별 값어치는 나가지 않는 책이었다. 기대한 수준에는 미치지 못했다.

"잠깐, 도비라코. 매입 안 끝난 책에 손대면 안 돼! 아빠하고 엄마가 그렇게 말했잖아!"

갑자기 시노카와 아야카가 큰 소리로 외쳤다. 자세히 보니 높다랗게 쌓은 책 벽 안쪽에 사람이 숨을 만한 공간이 있었다.

"이모, 난 그런 소리 못 들었는데."

누군가가 어린애 같은 목소리로 대답했다. 아니, 이건 진짜 아이 목소리일지도 모른다.

"가게에서 파는 책은 읽으면 안 된다고 했을 뿐이잖아."

"억지 부리지 마! 매입 안 끝난 책은 손님 책이니까 더 읽으면 안 돼!"

그 인물은 바퀴 달린 의자에 앉은 채 아야카의 손에 끌려 나왔다.

"헉!"

배를 한 대 얻어맞은 듯한 신음소리가 고지의 입에서 흘러나왔다. 그의 눈앞에 나타난 건 긴 머리의 소녀였다. 하얀 블라우스와 파란 스웨터, 체크 스커트, 검은자가 도드라지는 눈동자며 콧날, 어디를 봐도 으스스할 정도로 시노카와 시오리코와 판박이였다. 어린 시절의 그 여자가 눈앞에 나타난 것 같았다. 그러고 보니 점원인 고우라 다이스케와 결혼해 아이를 낳았다는 이야기는 풍문으로 들었다.

"정말, 어느새 가게에 들어온 거야. 누가 언니 딸 아니랄까봐 그런 데 숨어서."

시노카와 아야카는 조카에게 잔소리를 하고 있었다. 어머니와 꼭 닮은 딸의 모습보다, 고지에게 충격을 안겨준 사실은 따로 있었다. 이 아이가 읽고 있는 고서였다. 크기는 국판, 표지는 이색인쇄의 목판화, 꽃구경을 하는 사람들과 큰 건물 등이 그려져 있었다.

햣켄 작
동화집
임금님의 등
야스노리 그림

'우치다 햣켄『임금님의 등』!'

목덜미에 전율이 일었다. 우치다 햣켄은 다이쇼 말기부터 오랫동안 활약한 작가로, 괴담 풍의 단편소설과 냉소 어린 위트가 돋보이는 수필로 유명하다. 삽화가 들어간 이 동화집은 분명 1934년에 간행된 책이다. 고지는 읽어본 적 없지만, 한정된 수량의 특제본이 상당한 고가로 팔린다는 건 고서 업자로서 알고 있었다.

재빨리 카운터 위를 살펴보자『목면 수필』뒤로 까만 책갑이 보였다. 책을 싸는 책갑이 딸려 있는 걸 보니 특제본이었다.

비싼 값에 팔리는 건 햣켄의 글이 아니라, 삽화로 들어간 판화 때문이었다. 무나카타 시코와 어깨를 나란히 한다는 평가를 얻었던 다니나카 야스노리의 컬러 판화가 스무 장 남짓 들어가 있었다.

만일 판화가 빠짐없이 모두 갖춰져 있다면, 최소한 50만 엔 이상, 그보다 훨씬 비싼 가격을 매겨도 사겠다는 사람이 있을 것 같았다.

"읽지 말라고 했잖아!"

시노카와 아야카가 난폭하게 책을 빼앗으려 하자, 소녀 역시 두 손에 힘을 줘서 저항했다. 각자 다른 방향에서 잡아당기는 바람에 80년도 더 된 희귀본이 가늘게 떨렸다. 책을 어떻게 저렇게 다룰 수가 있지? 둘 다 이 책의 가치를 전혀 이해하지 못한 것 같았다.

"좀 정중하게 다뤄주시죠!"

고지는 언성을 높였다.

"남의 책을!"

두 사람은 그제야 정신을 차린 것 같았다. 소녀는 책을 카운터에 올려놓았다. 죄송합니다, 하고 두 사람 다 얌전히 고개를 숙였다.

"아니, 저야말로…… 큰 소리를 내서 죄송합니다."

남의 책, 이라는 말이 고지의 내면에 여전히 남아 있었다. 딱히 그의 책도 아니었다. 주제넘은 참견이었다. 왜 그런 말을 내뱉은 걸까?

고지는 『임금님의 등』을 집었다. 면지에도 판화가 인쇄되어 있었고, 그 장을 넘기자 '특제한정본 이백 부 중 99호'라는 한정 번호가 들어 있었다. 틀림없는 특제본이었다. 『임금님의 등』 서(序)'라는 문장 페이지에 순간 동작을 멈췄다.

다니나카 야스노리 선생이 아름다운 판화를 이토록 많이 제작해주셨다.

덕분에 멋진 책이 완성됐습니다.

이 책 이야기에는 교훈은 하나도 없으니, 독자 여러분 안심하고 읽어주십시오.

어느 이야기도 그저 읽은 대로 받아들이면 됩니다.

뭐에 홀린 듯, 묘한 기분이 들게 하는 문장이었다. 일일이 생각하려 들지 않고 고지는 판화의 유무만 확인했다. 금방이라도 페이지에서 떨어져 나올 것 같은 것도 있었지만, 훑어본 바로는 모든 판화가 갖춰져 있었다. 보존 상태도 상당히 좋아서 눈에 띄는 오염도 없었다.

손때가 묻지 않도록 살며시 덮고 일단 카운터에 책을 놓았다. 아직도 심장이 두근거렸다. 고서 시장에서 실물을 본 적은 있었지만, 이 정도로 상태 좋은 책을 본 건 처음이었다. 틀림없이 고가에 팔 수 있으리라. 게다가 소유자도 고서를 잘 모른다. 싸게 매입해도 군말 없이 받아들일 것이다.

더욱더 비블리아 고서당이 부러웠다. 몇 시간만 일찍 야마다 가를 찾아갔어도, 이 책은 고지의 것이 되었을 텐데.

만일 이 고서를 입수했다면, 이번 달과 다음 달까지는 자금 융통에 애를 먹지 않아도 된다. 너무나도 갖고 싶었지만, 운이 따르지 않았으니 단념하는 수밖에.

갑자기 어두운 그림자가 가슴에 드리웠다.

'……운이 따르지 않았다고?'

정말 그럴까? 오히려 지금 행운이 날아든 건 고지 쪽일지도 모른다. 원래대로라면 이 희귀본을 직접 보지도 못했을 텐데, 우연의 연속으로 만져보기까지 하지 않았는가. 고서로서의 가치를 알아챈 것도 그뿐이었다.

고지가 기타가마쿠라에 있는 사실을 아는 사람도 없다. 야마다 요스케의 아내는 증언하지 못할 것이다. 마이스나 도구점이라는 상호도, 요시와라 고지라는 이름도 끝까지 기억하지 못했다. 다행히 명함도 남겨두지 않았다.

애초에 야마다 요스케의 유족은 이 책을 비싸게 팔 생각도 없었다. 고인의 수집품에도 관심이 없었다. 『임금님의 등』은 그들에게 아무래도 좋은 책인 것이다.

고지가 가져가도, 손해를 끼쳤다고 말할 수 없지 않을까.

무엇보다 비블리아 고서당 인간들의 코를 납작하게 해줄 수 있다. 요시와라 기이치가 이루지 못한 일을, 아들인 자신이 해내는 것이다.

'……시도라도 한번 해볼까.'

기분이 고양되며 힘이 솟아나는 것 같았다. 무대에 오르기 전의 배우가 이런 기분일까. 아버지도 자주 셰익스피어를 인용했다. 인간은 남녀노소 모두 배우일 뿐이다.

고지는 가볍게 헛기침을 했다.

"역시 팔기 좀 그런데, 취소하고 다시 가져가도 될까요?"

시노카와 아야카는 놀란 듯 눈을 깜빡였다. 그녀가 깊이 생각하기 전에 고지는 말을 이었다.

"이 책을 팔면 이제 아버지 장서는 집에 한 권도 안 남아서요. 그렇게 생각하니 좀 허전해서……. 아까 생각난 건데, 제가 어릴 때 아버지가 자주 책을 읽어주셨거든요."

그건 고지 자신의 과거였다. 늦둥이로 태어난 그를 아버지는 무척 아꼈다고 한다. 고지가 사춘기에 들어서자마자 관심이 사라진 모양이었지만, 그래도 아버지의 무릎에 앉아 낡은 해외 동화책을 보던 기억이 어렴풋이 남아 있었다.

"여기 있는 책 중에 뭘 읽어주셨는데요?"

도비라코가 카운터에 턱을 올리고 흥미진진한 표정으로 물었다. 공연한 소리를 했다고 후회하며, 고지는 야마다의 아들이 가져온 고서 더미를 바라보았다. 아이에게 성인 대상의 소설이나 수필을 읽어줬다고 하면 어색하니, 선택지는 하나밖에 없었다.

"이 책이야."

그렇게 대답하며 『임금님의 등』의 표지를 어루만졌다.

"이 책을 많이 읽어주셨어요?"

"나름대로……."

"다른 책은 안 읽어줬어요?"

"그런 것 같아."

쉬지 않고 쏟아지는 질문에 당혹스러워하면서도 대답했다. 도비라코의 얼굴이 환해졌다.

"야호! 그럼 다른 책은 팔아도 되죠? 고맙습니다!"

꾸벅 고개를 숙여 인사를 한다. 분명 어른들이 하는 걸 보고 배웠으리라. 허를 찔린 것 같아서 분통이 터졌지만, 꾹 참았다.

"도비라코, 책을 팔고 안 팔고는 손님이 정할 일이야."

아야카가 조카를 나무라며 고지를 보았다.

"죄송합니다. 주제넘은 소리를 해서."

"아닙니다……."

"괜찮으시면 다른 책은 팔지 않으시겠어요? 방금 언니한테 연락이 왔는데, 10분에서 15분 안에 기타가마쿠라에 도착할 것 같대요. 감정이라도 받아보는 게 어떠세요?"

그녀 역시 조카의 뻔뻔함에 편승했는지 그런 소리를 했다. 손님을 놓치고 싶지 않은 것이리라. 그보다 고지는 '10분에서 15분'이라는 남은 시간에 조바심이 났다. 이렇게 꾸물댈 시간이 없었다.

"아뇨……. 다른 책도 언젠가 읽을지도 모르니까요. 그냥 다 가져가겠습니다."

물론 『임금님의 등』을 제외한 책은 필요 없었지만, 감정을 부탁하면 이곳을 떠날 구실이 사라진다. 이미 카페에서 시간을 때우고 돌아온 것으로 되어 있는데.

"음, 그럼…… 알겠습니다."

겨우 단념한 것 같았다. 가슴을 쓸어내리던 고지는 카운터를 내려다보다 숨을 삼켰다. 방금 전까지 눈앞에 있던 『임금님의 등』이 사라지고 없었다.

"얘! 도비라코!"

어느샌가 소녀가 주저앉아 『임금님의 등』을 펼치고 있었다. 둥그런 뒷모습이 꼭 버릇 나쁜 개처럼 보였다. 이모가 책을 빼앗자 그 손을 따라 통 뛰었다.

"싫어. 조금만 더 읽을래!"

"미안하지만 아저씨가 바빠서. 볼일이 있어서 그만 가봐야 하거든."

고지는 아야카에게 책을 받아 검은 책갑으로 쌌다. 표지에 붙은 제첨題簽표지에 직접 쓰지 않고 다른 종이조각에 쓴 제목은 작가가 직접 쓴 글씨라 이 역시 가치가 있었다.

"그럼 『임금님의 등』의 뒷이야기를 알려주세요!"

"뭐?"

저도 모르게 그런 소리가 튀어나왔다.

"등이 간지러워진 임금님이 숲에 들어가서 어떻게 됐죠?"

어떻게 되었는지 물어도 대답할 수가 없었다. 말없이 책갑을 여몄다.

"그게 뭔데, 어떤 이야기야?"

아야카가 관심을 보였다. 도비라코는 손가락을 세우고 의기양양하게 설명하기 시작했다.

"어느 날, 임금님은 갑자기 등이 간지러워졌어. 처음에는 손으로 긁었지만 안 닿아서, 신하에게 긁어달라고 했지만 영 성에 차지 않았어. 점점 더 간지러워졌지만, 다들 아무 방법도 없어서⋯⋯."

고지의 머릿속에 떠오른 건 아버지 기이치의 모습이었다. 누군가를 욕하며 벅벅 등을 긁는 아버지를 위해 아들이 할 수 있는 일은 아무것도 없었다. 그 혼잣말은 간지럼증에 대한 불평이었을지도 모른다는 생각이 문득 들었다.

"임금님은 성을 나와 다양한 동물들과 만났지만, 모두 간지러운 것 같았어. 숲 속에 들어갔더니 몸이 간지러운 동물들이 한가득 모여 들었어⋯⋯. 거기까지 읽었어. 그 뒤에는 어떻게 됐어요?"

전혀 아는 바가 없었다. 상상했던 것보다 더 의미를 알 수 없는 이야기다.

"음, 어떻게 됐더라⋯⋯."

"많이 읽었다면서 몰라요?"

얼버무리려 하자 날카로운 지적이 날아왔다. 분명 표제작의 내용을 모르는 건 말이 안 됐다. 그렇지만 어차피 어린애가 하는 소리다. 고지는 미소 지으며 그 말을 흘려 넘긴 뒤 보자기에 책을 다 싸려 했다. 순간 팔짱을 낀 아야카가 이쪽을 바라보는 시선을 알아챘다. 두 눈에 의심의 빛이 어려 있었다.

"저기, 잠시만요."

"왜 그러시죠, 제가 좀 바쁜데……."

"제가 시력이 안 좋아서 그런 것 같기는 한데."

아야카가 날카롭게 말을 끊었다.

"아까 뵈었을 때하고 역시 뭔가 다른 느낌이 계속 들어요. 정말 야마다 씨 맞으시죠?"

식은땀이 흘러내렸다. 순간 책을 안고 밖으로 뛰쳐나가고 싶다는 충동이 들었다. 하지만 이 여자는 젊고 지구력도 뛰어날 것 같았다. 중년의 고지는 짐을 든 상태로 따돌릴 자신이 없었다. 몸싸움이 붙으면 그가 유리할 테지만, 자칫 『임금님의 등』이 훼손될 우려가 있었다. 고지는 의아한 듯 미간을 찌푸리며 대답했다.

"장난하시는 겁니까?"

"오늘 쉬는 날이라 시간은 넉넉하니, 저쪽 카페에서 시간을 때우고 오겠다고 하셨잖아요. 그런데 갑자기 바쁘다, 볼일이 생겼다니요."

꿀꺽, 침이 넘어갔다. 이 여자를 너무 바보 취급했다. 진짜 야마다가 무슨 말을 했는지 고지로서는 알 도리가 없었다. 뭐라고 설명해도 들통 날 것 같았다.

"아저씨, 그래서 임금님은 어떻게 됐어요?"

고지의 주변에서 통통 뛰며 도비라코는 끈질기게 물었다.

"잠깐만요. 동시에 질문하면 헷갈리잖아요."

가볍게 나무라며 허리를 굽혀 소녀와 눈을 맞췄다. 아야카의 물음에는 대답할 수 없었기에, 이 아이와 이야기해서 시간을 벌 작정이었다.

"생각이 났어. 『임금님의 등』의 결말이."

사실은 아무것도 생각난 건 없었다. 이런 이상한 동화의 결말이라니, 상상도 가지 않았다.

"이 다음에는 아무 일도 일어나지 않아. 이 이야기는 해피엔딩이 아니야. 임금님은 간지럼증이 낫지 않았고, 동물들도 어떻게 손을 쓸 수가 없었어. 임금님도 가렵고, 동물들도 계속 간지러웠지. 그걸로 끝이야."

고지는 되는 대로 말했다. 그 임금님을 치료할 방법은 없다. 쇠약해진 아버지가 재기할 가능성이 없듯이. 갑작스레 기적이 일어나지는 않는다.

"흐음…… 굉장하다! 굉장히 이상한 이야기야!"

도비라코의 눈이 반짝였다. 이상하다고 하면서도 기쁜 것 같았다. 의표를 찌르는 결말에 만족한 것 같았다. 고지는 일단 한숨을 돌렸다. 이제 이 질문은 끝났다. 그렇게 생각한 순간이었다.

"정말 그런 이야기인가요? 좀 보여주세요."

아야카가 보자기에 싸려던 고서 사이에 있던 『임금님의 등』을 낚아챘다. 앗, 소리치는 고지를 찌릿 노려보는 아야카를 보고 알았다. 진짜 책 주인이 맞는지 의심하는 것이다. 어쩌지. 고지는 자문했다. 본문을 확인하면 안 된다. 그렇다고 다시 빼앗으면 더욱더 의심을 받을 것이다. 바쁘다고 둘러대면 다시 아까 그 질문을 던지겠지.

아야카는 책갑에서 책을 꺼내 책장을 넘겼다. 내용이 달라도 부자연스럽지 않을 변명을 생각해내야 한다. 기억이 잘 안 난다고 할까. 방금 '생각났다'고 말했는데? 어떻게 수습해도 넘어갈 수 있지 않을 것 같았다. 만일 아버지였다면 이럴 때 어떻게 할까?

실내가 정적에 휩싸인 걸 알아채고 고지는 고개를 들었다. 아야카와 도비라코는 카운터에 『임금님의 등』을 펼쳐놓고 읽고 있었다.

고지도 두 사람을 따라 책을 들여다보았다. 결말 부분

인 것 같았다.

끝으로 연못 속에서 거북이 한 마리가 나와서 임금님
의 행동을 바라보았습니다. 그리고 자기도 짧은 다리를
움직이기 시작했습니다. 하지만 거북이의 다리는 아무
데도 닿지 않았습니다. 그저 주변의 모래를 파헤치며 버
둥댈 뿐이었습니다.

임금님은 그 모습을 보고 더욱 열중하여 온몸을 비비
꼬며 괴로워했습니다. 들짐승, 날짐승, 물속의 물고기까
지도 덩달아 발을 구르거나, 찌르거나, 꿈틀거리며 괴로
워했습니다.

거북이는 그걸 보고 또다시 짧은 다리로 모래를 파헤
쳤습니다.

끝까지 읽은 고지는 아연실색했다. 정말 아무 일도 일
어나지 않고, 모두가 간지러워하는 결말로 끝났다. 아까
그가 대충 둘러댄 설명과 거의 일치했다.

"와, 재미있다! 거북이까지 간지러워졌네. 그쵸? 그쵸?"

도비라코가 어른들에게 동의를 구했다. 고지는 보란
듯 고개를 끄덕였다.

"맞아. 거북이가 간지러우면 힘들겠네."

내심 음흉하게 웃고 있었다. 이런 행운이 있다니. 아니, 그야말로 기적이라 해야 하리라. 일어날 리 없는 기적이 일어난 것이다.

"이제 됐죠? 책을 가져가도 되겠습니까?"

고지는 일부러 성난 목소리로 말했다.

"아, 네……. 그러세요. 죄송합니다."

아야카는 주눅 든 표정으로 고개를 끄덕였다. 고지는 침착함을 되찾았다. 갑자기 머리 회전도 빨라진 것 같았다. 자, 이 아이의 질문에도 답해줘야지. 책을 다 보자기에 싼 뒤, 아야카에게 가까이 오라는 제스처를 취했다.

"……그쪽이 의심한 대로 거짓말을 했습니다."

지근거리에서 상대의 눈을 노려보며 나지막한 목소리로 말했다.

"이 책을 팔지 않고 도로 가져가는 진짜 이유는, 바쁘기 때문이 아닙니다. 감정도 하지 않은 책을 아이가 멋대로 만지게 두는 가게에 아버지의 소중한 장서를 팔고 싶지 않기 때문입니다."

아야카의 얼굴에 놀라움과 수치심이 번지는 모습을 고지는 만족스럽게 지켜보았다. 그리고 들고 온 짐에 고서 꾸러미를 들고 빠른 걸음으로 유리문을 향해 걸어갔다.

"아저씨, 또 만나요!"

힘껏 손을 흔드는 도비라코에게 웃으며 손을 흔든 뒤, 그는 가게 밖으로 나갔다.

고지는 젖은 길을 따라 요코스카 선 역으로 걸음을 재촉했다. 한시라도 빨리 기타가마쿠라를 떠나자. 아직 완전히 마음을 놓은 건 아니었지만, 터져나오는 웃음을 참을 수 없었다. 손에 넣은 『임금님의 등』으로 수십 만 엔의 이익을 거둘 수 있는 건 분명했다. 비블리아 고서당 놈들을 제치고 값비싼 희귀본을 입수한 것이다. 아버지의 정신이 온전하다면 꼭 들려주고 싶었다. 어쩌면 이 행운은 그들 부자의 현재를 바꿀 첫걸음이 될지도 모른다.

기타가마쿠라 역에는 엔가쿠지에 가까운 하행선 승강장에도 작은 개찰구가 있다. 그곳을 지나 역 안으로 들어가자마자 철로 건널목의 경보기가 울리기 시작했다. 반대편 승강장에 열차가 들어오는 모양이었다.

철로 건널목을 지나 승강장으로 이어진 완만한 계단을 올랐다. 차단기가 내려오며 요코스카 선 열차가 가까이 다가왔다. 저 열차를 타면 이제 끝이다. 앞쪽 차량에 타려고 승강장을 걸어가고 있는데, 새된 아이의 목소리가 경보음 사이로 들려왔다.

"아, 저기 있다! 아저씨!"

화들짝 놀라 주변을 둘러봤다. 아까 고지가 지나온 개찰구에 긴 머리의 소녀가 서 있었다. 도비라코였다. 빨간 스웨터를 입은 아야카도 함께였다.

'뭐지?'

왜 뒤따라온 거지. 그리고 어떻게 역에 있는 걸 알았지. 교통카드를 찾는 듯한 아야카를 두고 도비라코가 개찰구에서 철로 건널목까지 달려왔다. 다음 순간, 그 모습은 승강장에 진입한 열차에 가려 사라졌다.

고지는 참고 있던 숨을 내뱉었다. 생각해 보니, 자신이 역에 있다는 사실을 두 사람이 알아챘어도 이상할 건 없었다. 가게에서 개찰구 쪽으로 걸어가는 모습이 보인 것이리라. 같은 길을 따라왔으면 승강장에 있는 그가 당연히 눈에 들어왔겠지. 고지는 튀는 인버네스 코트 차림이었고, 어깨에는 사무용 가방, 코트와 책이 든 보자기를 하나씩 들고 있었다. 당연히 눈에 띌 법도 했다.

문제는 뒤따라온 이유다. 고지의 정체를 알아챘는지는 알 수 없다. 하지만 뭔가 수상한 점이나 의문점이 있어서 쫓아온 건 분명했다. 그밖에 짚이는 게 없었다.

열차 문이 열리며 승객들이 하나둘 내렸다. 열차에 타려던 고지의 눈이 승강장에 내린 한 쌍의 남녀에게 고정됐다. 니트 판초를 걸친 긴 머리 여자와 검은 롱코트 차림의 덩치 큰 남자. 뒷모습만 봐도 누구인지 알 것 같았다. 시노카와 시오리코와 고우라 다이스케. 결혼하면서 성은 바뀌었을 테지만, 고지에게는 아무래도 상관없었다. 부부는 이 열차를 타고 기타가마쿠라로 돌아온 것이다.

끝칸에 타고 있던 그들은 철로 건널목으로 이어진 계단을 내려가려다 승강장으로 뛰어 올라온 도비라코와 부딪칠 뻔했다.

서둘러 열차에 올라탔다. 저들이 무엇을 하는지 궁금했지만, 괜히 얼굴을 내밀면 상대에게 들킬 것 같았다.

문득 좋은 생각이 떠올랐다. 가지고 있던 스마트폰을 절반만 문 밖으로 내밀어 카메라를 켰다. 이렇게 하면 자신의 모습은 들키지 않고 상대를 관찰할 수 있다. 스마트폰 각도를 조절하니, 도비라코가 두 손을 흔들며 부모에게 설명하는 모습이 화면에 나타났다.

이어서 도착한 아야카도 도비라코를 따라 뭐라고 말하기 시작했다. 그녀가 승강장을 가리키자, 부부도 자신들이 방금 내린 열차를 돌아봤다. 아마 그들이 내린 열차에 고지가 탔다는 이야기를 들은 것이리라.

출발을 알리는 음악이 흘렀다. 괜찮아, 스스로를 타일렀다. 만일 정체를 들켰더라도, 이 단시간에 전부 설명하기란 불가능에 가까웠다. 그리고 몇 초 후면 문이 닫힌다. 지금 달려온들 소용없다.

고우라 다이스케가 홱 몸을 돌린 건 그 순간이었다. 상상을 초월한 기민한 움직임으로 출발 직전의 열차를 향해 달려왔다. 닫히려는 문 사이에서 고지가 스마트폰을 빼내기 직전, 분명 맨 끝 차량으로 뛰어드는 다이스케의 모습이 보였다.

'젠장'

차에 탔다. 어떻게 해야 하지? 고지는 눈을 감고 깊이 숨을 들이마셨다. 아직 들키지 않았다. 다이스케가 고지의 얼굴을 기억하고 있을 리는 없었다. 7년 전에 딱 한 번 보았을 뿐이니까.

아야카와 도비라코도 얼굴 특징까지 설명할 틈은 없었을 것이다. 고작해야 특징적인 복장이나 짐에 대해 이야기한 정도겠지. 그렇다면 그가 취할 행동은 정해져 있었다.

먼저 자신이 탄 칸을 둘러봤다. 승객은 거의 없었고, 얼마 안 되는 사람들도 멀찍이 앉아 있었다. 다행히 고지에게 주의를 기울이는 사람은 아무도 없었다.

근처 자리에 짐을 모조리 내려놓고 작은 꾸러미를 풀었다. 반쯤 마른 코트가 나왔다. 야마다 가에 입고 간 그의 옷이었다. 인버네스 코트를 재빨리 벗고 자신의 코트로 갈아입었다. 코트를 쌌던 보자기는 가방 옆주머니에 넣었다.

이어서 무거운 꾸러미의 매듭을 풀었다. 안에 든 고서 중에서 책갑에 든 『임금님의 등』만 꺼내 가방에 넣었다. 그리고 가방을 들고 일어났다.

야마다 가의 인버네스 코트, 책, 보자기를 자리에 남겨둔 채, 고지는 앞 차량으로 이동했다. 지금 그는 평범한 코트를 입고, 싸구려 서류가방을 든 수수한 중년 남자다. 누가 봐도 다른 사람이라 생각하겠지.

혹시나 해서 두 칸이나 이동했다. 비교적 승객이 많은 자리에 앉아, 눈을 감았다. 아직도 온몸이 뻣뻣하게 굳어 있었다.

'이제 들킬 일은 없겠지.'

야마다 요스케의 아들로 둔갑했던 흔적은 모두 지워졌다. 다음 오후나 역에서 열차를 갈아타면 더는 추적하지 못하리라. 도착할 때까지 앞으로 이삼 분. 아무리 비블리아 고서당의 사람이라도 그때까지 고지를 특정할 수 있을 리 없었다. 그가 먼저 나서지 않는 한.

차량 연결문을 여닫는 소리가 울려 퍼졌다. 고지는 살며시 눈을 떴다. 검은 코트 차림의 덩치 큰 남자가 좌우를 둘러보며 이쪽으로 다가왔다. 상대를 꿰뚫어보는 위압감이 느껴지는 눈매. 고우라 다이스케였다. 이제 20대

도 아닐 테지만, 겉모습은 7년 전과 거의 달라지지 않았
다. 애초에 노안이었던 건지도 모른다.

오른팔에 인버네스 코트를 걸치고 무거운 꾸러미를 들
고 있었다. 고지가 뒷칸에 두고 온 짐을 일부러 가져온
것이다.

고지는 무릎 위 가방을 다시 품에 안고 스마트폰을 보
는 척을 했다. 진흙으로 더럽혀진 눈앞의 바닥을 다이스
케의 두 다리가 지나쳤다. 역시 알아보지 못했다.

다음 역은 오후나, 라는 안내방송이 흘러나왔다. 조금
만 있으면 이곳에서 나갈 수 있다. 신속하게 내릴 수 있
도록 문 위치를 확인하려는데, 중후한 목소리가 울려 퍼
졌다.

"여러분, 죄송하지만 잠깐 주목해주십시오!"

다이스케의 목소리였다. 승객들은 일제히 고개를 돌
렸다. 하는 수 없이 고지도 그쪽을 보았다. 자기 혼자 안
보는 것도 이상했다.

앞 차량으로 통하는 문을 등지고 다이스케는 한 손에
든 꾸러미와 코트를 들어올렸다.

"이게 뒷칸에 있었습니다! 어떤 분이 두고 가신 것 같
은데, 아시는 분 없습니까?"

아무도 대답하지 않았다. 당연하지. 다이스케는 표정

의 변화를 읽어내려는 듯 승객들과 일일이 눈을 맞추고 있었다. 고지는 눈 하나 깜짝 않고 매서운 시선을 받아넘겼다. 이런 방법으로 찾아낼 수 있을 리가. 이 남자는 시노카와 시오리코만큼 명석하지 않다. 몸을 움직이는 건 잘해도, 머리를 쓰는 건 아내보다 못하다.

녹색 받침 위에 우뚝 솟은 오후나의 관음상이 보였다. 도착할 때까지 채 일 분도 남지 않았다. 이것으로 완전히 도망칠 수 있다. 그렇게 생각한 순간, 다이스케가 다른 쪽 손을 높이 들었다. 그의 손에는 낡은 종이가 들려 있었다. 고지는 숨을 삼켰다.

"이것도 떨어뜨리셨습니다! 아시는 분 있으십니까?"

그건 2도 인쇄된 작은 판화였다. 아이 같은 인물과 초승달이 그려져 있었다. 『임금님의 등』의 표제지에 붙여진 다니나카 야스노리의 판화 중 한 장이었다. 고지는 주먹을 꽉 쥐었다.

'……아까 흘린 건가.'

짐을 다시 싸면서 책갑을 꽉 여몄다고 생각했는데, 너무 서두른 모양이다. 이런 실수를 저지르다니.

판화가 전부 갖춰져 있는지에 따라 『임금님의 등』의 판매가격은 크게 달라진다. 모두 갖춰져 있기 때문에 의미가 있었던 것이다. 불가능에 가깝다는 건 알지만, 어떻게든 되찾을 수 없을까?

승강장에 정차하기 위해 속도를 줄인 열차가 앞뒤로 흔들렸다. 두 손에 짐을 들고 있던 다이스케는 순간 균형을 잃었다. 손끝으로 잡고 있던 판화가 팔랑거리며 떨어졌다.

"앗!"

비온 뒤 진흙탕을 밟은 사람들이 오가는 바람에 열차 바닥은 더러워져 있었다. 이런 데 떨어지면 판화가 못 쓰게 될지도 모른다.

다이스케의 손가락이 재빨리 움직여 허공에 뜬 종이를 안전하게 잡았다. 안도의 한숨을 내쉬던 고지는 그가 자신을 바라보고 있다는 사실을 알아챘다.

어느샌가 고지는 자리에서 일어나 있었다. 무의식적으로 몸이 반응해버렸다. 황급히 시선을 피했지만 이미 늦었다. 다이스케에게 한 방 먹은 것이다. 일부러 떨어뜨리는 척하며 고지를 동요시킨 것이다. 먼저 짐을 보여준 것도, 이런 수를 못 쓴다는 인상을 줘서 방심하게 만든 걸지도 모른다.

열차는 오후나 역의 승강장으로 미끄러져 들어갔다. 다이스케는 고지의 눈앞에 서서 코를 킁킁거렸다.

"역시 당신이었군……. 이 코트와 같은 냄새가 났어."

266

그렇게 말하며 트위드의 인버네스 코트를 향해 고갯짓을 했다. 고지는 저도 모르게 몸을 내려다봤다. 그래, 방충제였군. 코에 익어서 알아채지 못했다.

"마이스나 도구점의 요시와라 씨, 맞죠? 같이 가시죠."

다이스케가 말을 마친 순간 승강장에 정차한 열차 문이 열렸다.

역 앞의 파출소에 끌려갈 줄 알았는데, 어찌된 영문인지 그런 상황은 벌어지지 않았다. 고지에게 희귀본을 되찾아 역 개찰구를 빠져나간 다이스케는 휴대전화를 꺼내 전화를 했다. 대화를 자세히 듣지는 못했지만, 말투로 보아하니 아내인 시오리코와 이야기하는 것 같았다.

한참 뒤 통화를 마친 다이스케는 역에 있는 프랜차이즈 카페로 고지를 데려갔다. 이런 짓을 한 경위를 직접 듣고 싶다고 했다. 물론 고지에게 거절할 권리는 없었다. 커피를 주문해서 작은 테이블에 마주앉았다.

다이스케는 『임금님의 등』을 꺼내 한 장씩 확인하기 시작했다. 책이 무사한지 알고 싶은 모양이었다. 표제작의 속표지도 꼼꼼히 확인한 뒤에 누락된 판화를 끼워 넣었다.

"내 정체를 어떻게 알았습니까?"

침묵을 견디다 못한 고지가 먼저 말문을 열었다. 다이

스케는 살짝 인상을 썼을 뿐, 대답하지 않았다. 자기가 먼저 이야기를 듣고 싶다고 했으면서, 왜 아무 말도 하지 않는 걸까. 그렇다고 불평할 처지도 아니었다.

"거짓말을 알아챈 건 그렇다 쳐도, 이 단시간에 이름까지 알아낼 줄은 상상도 못했습니다. 당신 부인은 역시 대단하군요. 보통사람이 아냐."

잘난 부인과 달리 당신에게 그런 재주는 없다는 속뜻을 담은 말이었지만, 다이스케는 책장에 시선을 고정한 채 고개를 저었다.

"아니. 시오리코 씨가 알아낸 게 아냐. 물론 나도 아니고."

"그럼 대체 누굽니까?"

"……아버지는 잘 계신가?"

대답 대신 질문이 돌아왔다. 짜증이 났지만 대화의 주도권은 다이스케에게 있었다.

"잘 지내실 리가 있겠습니까. 집에 틀어박혀 등만 긁어대십니다. 그 『임금님의 등』처럼. 당신들에게 호되게 당한 뒤로 치매가 왔는지. 가게는 내가 물려받았지만 매상은 처참하죠. 당신들도 풍문으로 들었을 거 아닙니까."

이 바닥은 좁다. 비블리아 고서당의 소문을 고지가 들은 것처럼, 그들 역시 요시와라 기이치의 소문을 들었을 것이다.

"딱히 당신들을 탓할 생각은 없습니다. 그럴 자격도 없고. 당신들은 그저 아버지가 깔아둔 함정을 간파했을 뿐이죠. 아버지보다 정도를 걸었고, 현명했고, 운이 좋았어."

다이스케가 고개를 들었다. 이 가게에 들어와서 처음 눈을 맞췄다.

"운이 좋았다고?"

"그렇죠. 7년 전에 셰익스피어의 퍼스트 폴리오를 얻었을 때도, 당신 부부는 과거의 해묵은 원한관계에 휘말렸을 뿐이었지만, 결국 엄청난 이익을 얻었잖습니까. 오늘도 그렇죠. 당연히 알겠지만, 나도 오늘 야마다 씨 댁에 찾아갔습니다. 하지만 간발의 차로 『임금님의 등』을 매입하지 못했죠. 난 운이 나빴던 겁니다."

다이스케가 인상을 확 구겼다. 뭔가 불만이 있는 것 같았지만, 고지는 주눅 들지 않았다. 경위를 알고 싶다는 말을 꺼낸 건 이 남자다. 어차피 이야기가 끝나면 경찰서에 갈 것이다. 여기서 더 사태가 악화될 것도 없다.

"그 고서를 판 돈으로 우리 형편도 조금은 나아지리라 기대했지만…… 방식이 잘못됐죠. 아버지조차 당신들을 속이지 못했지. 그냥 운이 있든 없든, 성실하게 꾸준히 해나갔어야 하는데."

책을 끝까지 다 확인하고 나서야 다이스케는 『임금님

의 등』을 덮었다. 그리고 책갑에 도로 넣었다. 앞으로 평생 이토록 완벽한 상태의 책과 마주할 기회는 없으리라.

"이렇게 말하는 게 온당치 않은 줄은 알지만, 판화를 한 장 흘린 건 정말 뼈아픈 실수였습니다. 열차 안에서 서둘러 책을 옮기다 사달이 났죠. 그 실수가 없었다면 그 책은 내 것이 되었을 겁니다."

의자 등받이에 기대 커피를 마셨다. 이 남자가 어떻게 생각하든 상관없다. 하고 싶은 말은 다 했다. 영 석연치 않은 태도로 듣고 있던 다이스케가 그제야 무겁게 입을 뗐다.

"알아채지 못했군."

"뭘 말입니까?"

"사실 판화는 열차 안에 떨어져 있던 게 아니었어. 당신은 프로잖아. 그런 실수를 할 리가."

고지는 당황해서 말문이 막혔다. 무슨 뜻인지 이해할 수 없었다.

"그럼 어디에 떨어져 있던 겁니까?"

"우리 가게에. 딸아이가 이 책을 펼쳤을 때 어쩌다 카운터 밑에 떨어졌지. 당신이 가게를 떠난 뒤 바로 알아챘고."

"말도 안 돼. 분명 판화가 빠짐없이 다 있는 걸 확인했다고. 그리고 책갑에 넣어서……."

스스로 말하다 깨달았다. 고지가 확인한 뒤, 그 소녀가 다시 책갑을 열었다. 『임금님의 등』의 뒷이야기를 읽기 위해서.

"그때…… 그럼 기타가마쿠라 역까지 날 쫓아온 건……."

"빠진 판화를 전해주기 위해서였지. 하지만 당신은 열차에 타버렸어. 그 열차에서 내린 내가 대신 판화를 전해주고 사죄하기로 했지. 손님이 맡긴 책의 일부를 돌려주지 않은 거니까. 황급히 열차에 탔어."

이야기를 들으며 핏기가 가셨다. 그 소녀를 기다렸다면 판화를 받아 그대로 열차에 탈 수 있었으리라.

"한마디로 날 의심한 게 아니었군요."

다이스케는 고개를 끄덕였다.

"내가 열차에 탄 시점에서는 그랬지. 하지만 승강장에 남은 시오리코 씨가 아야카와 도비라코의 이야기를 듣고 뭔가 이상하다고 여겼는지, 혹시나 해서 야마다 씨에게 연락했더니, 지금 기타가마쿠라의 카페에 있다는 거야……. 한편 나도 코트와 다른 고서가 자리에 버려진 걸 발견했지. 그때 시오리코 씨에게 전화가 왔어. 마이스나 도구점 사람이 야마다 씨인 척하며 고서를 훔쳤을 가능성이 있다고."

"그렇다면 결국 당신 부인이 전부 알아낸 거 아닙니까.

내가 저지른 짓도."

이번에도 마이스나 도구점은 시노카와 시오리코에게 무릎을 꿇은 것이다. 아니, 고지의 절도를 철저히 방해한 인물이 하나 더 있었다. 어머니의 판박이인 도비라코였다. 대답하기 어려운 질문을 연이어 던지고, 책을 읽고 싶다며 고지를 붙잡아두었으며, 종국에는 판화를 흘려서 범행이 발각된 계기를 만들었다.

시오리코의 어머니, 시노카와 지에코에게 아버지가 철저히 농락당했던 사실을 떠올리면, 이 집 여자들은 마이스나 도구점과 상극인 걸지도 모른다. 비블리아 고서당에서 그 긴 머리 소녀를 보았을 때 바로 발길을 돌려 도망쳤어야 했다.

"그건 아냐. 아까 말했듯 시오리코 씨가 당신 이름을 알아맞힌 건 아니니까."

다이스케는 단호하게 고개를 저었다.

"뭐가 아니라는 겁니까. 방금 자기 입으로 말해놓고……."

"시오리코 씨가 알아낸 건 주인인 척하고 『임금님의 등』을 훔친 인물이 있다는 사실까지야. 그 인물이 누구인지까지는 알아낼 재간이 없었지. 당신 말대로 이 단시간에 거기까지 알아내는 건 불가능하니까. ……당신 이름을 시오리코 씨에게 말한 건 야마다 씨의 아들이야."

"설마, 그럴 리가!"

고지는 앉은 자리에서 벌떡 일어날 뻔했다.

"난 그 사람과 만난 적도 없습니다. 거짓말도 적당히 하시죠."

"사실이야. 정확히는 야마다 부인이 카페에 있는 아들에게 전화해서 당신 이야기를 했어."

"그것도 거짓말이군. 분명 오늘 부인과 만나기는 했습니다. 하지만 몇 번을 말해도 내 이름은커녕 가게 이름조차 기억하지 못했는데. 명함도 안 건넸고. 무엇보다 그 부인이 아들에게 우리 가게 이야기를 할 필요가 뭐가 있단 말입니까. 전혀 앞뒤가 안 맞는데요."

"……잘은 모르겠지만."

다이스케는 난처한 표정으로 입을 열었다.

"야마다 씨 댁을 방문할 때 사전에 연락을 드리지 않았나?"

"드렸습니다. 그게 왜요?"

"보통 그때 가게 이름 같은 건 메모를 해두겠지."

아, 하고 얼빠진 소리가 흘러나왔다. 자신의 아둔함이 경악스러울 따름이었다. 대화하는 중에는 이름을 잊어버린다 해도, 나중에 메모를 보면 확인할 수 있는데.

그렇다면 만일 붙잡히지 않고 『임금님의 등』을 훔쳤다 해도, 바로 붙잡혔으리라. 운과 상관없이, 처음부터 시작하지 말아야 했던 도박이었던 것이다.

"부인은 왜 아들에게 우리 가게 이름을 말한 겁니까."

"아직도 모르겠어?"

의표를 찔린 듯 다이스케의 눈이 휘둥그레졌다.

"전혀 짐작 가는 게 없군요."

그 대답에 다이스케는 미간을 찡그렸다. 왜 이 남자가 저런 안타까운 표정을 짓는지 고지는 이해할 수가 없었다.

"부인은 아들에게 이렇게 말했어. '비블리아 고서당이 아니라, 마이스나 도구점에 책을 팔고 싶다'라고."

"뭐라고……?"

순간 심장이 멎은 것 같았다.

"왜, 왜 그런 말씀을……."

"부인이 당신이 고마웠나봐. 팔 책도 없는데 오랫동안 이야기를 잘 들어줬다고. 헛걸음을 치게 한 데다 정원에서 넘어져 옷까지 버리게 해서 미안하다며, 아무것도 안 했어도 당신은 이 『임금님의 등』을 손에 넣을 수 있었어. 우리가 아니라, 당신이 그 행운을 잡을 수 있었던 거라고."

바닥이 꺼지며 서서히 가라앉는 기분이 들었다. 주변 풍경과 소리가 멀어져갔다. 정신을 차렸을 때 고지는 테이블에 두 손과 이마를 박고 있었다. 난방을 했는데도 온몸이 사시나무처럼 떨렸다.

'돌이킬 수 없는 짓을 저질렀군.'

운이 어쩌고 할 문제가 아니었다. 단순히 어리석고 불성실한 인간이 기회를 놓쳤을 뿐이다. 분명 지금까지도 깨닫지 못했을 뿐, 같은 실수를 반복해 왔으리라. 자신뿐 아니라 아버지 역시도.

"지금 야마다 씨의 아들과 부인은 비블리아 고서당에 있어."

시야 밖에서 다이스케의 목소리가 들렸다.

"자세한 사정은 아직 말하지 않았어. 일단 내가 당신 이야기를 들어보고, 가게에 돌아가 두 분께 이야기하기로 했지."

아직 이야기가 끝나지 않았다는 사실을 고지는 그제야 알아챘다. 힘없이 고개를 들었다.

"시오리코 씨는 당신을 이대로 경찰에 넘겨야 한다고 하지만, 내 생각은 조금 달라. ……애초에 『임금님의 등』을 매입했어야 하는 사람은 당신이지 우리가 아니었어. 그건 분명한 사실이니까."

그제야 다이스케의 속내를 알 수 있었다. 왜 고지를 곧바로 경찰서로 끌고 가지 않았는지. 왜 아버지의 안부부터 물었는지. 왜 아까부터 애매모호한 태도를 취하고 있는지.

동정이다.

이 남자는 요시와라 부자를 안쓰럽게 여기는 것이다.

"당신만 괜찮다면 지금 같이 가서 야마다 씨 가족에게 사죄하는 게 어때? 두 번 다시 우리 가게와 엮이지 않겠다고 약속한다면 나도 최대한 도울 거고……. 물론 없던 일이 되지는 않겠지만, 어쩌면 법적 처벌은 피할 수 있을지도 몰라."

"거절하겠습니다."

자연스럽게 그런 말이 나왔다. 마치 다시 태어난 것처럼, 몸도 마음도 냉정해졌다.

"분명 내…… 우리 부자의 형편은 좋지 않습니다. 하지만 죄를 저지른 이상 벌을 받아야죠. 당신의 동정에 기댈 수는 없습니다."

고지는 초범이다. 그래도 벌금형이든 뭐든 처벌은 피할 수 없으리라.

마이스나 도구점을 정리하자. 그렇게 결심했다. 훨씬 전에 그래야 했다. 다행히 모토마치의 자택은 남아 있으니, 집을 팔아 빚을 갚을 수 있으리라. 늙은 아버지와 함께 어딘가에서 조용히 살자.

그 교훈 없는 동화처럼, 아마 아버지는 죽는 날까지 지금 상태로 살겠지. 엄청난 기적은 바라지 않는다. 하지만 환경이 달라지면 분명 아버지의 내면도 뭔가 달라질 것이다. 일상의 작은 기쁨쯤은 느낄 수 있게 될지도 모른다.

만일 지금 다이스케의 동정을 받아들이면, 그와 아버지는 마지막 남은 긍지마저 잃게 된다.

고지는 의자를 빼고 자리에서 일어나 다이스케를 향해 정중하게 고개를 숙였다. 분명 아버지는 하지 못했던 행동이다.

"이번 일로 폐를 끼쳐서 죄송합니다. 다시는 여러분 앞에 나타나지 않겠습니다."

고개를 들자 다이스케도 일어나 있었다. 두 눈에서 망설임은 사라지고, 대신 확고한 결의가 떠올랐다.

"……경찰서로 가죠."

그 말을 신호로 고지는 가게 밖을 향해 걸음을 옮겼다.

과거 고우라 식당이었던 창고에서 시오리코는『임금님의 등』을 둘러싼 요시와라 고지의 이야기를 마쳤다.

"그래서 아저씨는 어떻게 됐어?"

서가에 기대 이야기를 듣던 도비라코가 물었다. 시오리코는 창가에 놓인 의자에서 일어났다.

"다른 곳으로 이사를 갔대. 어디로 갔는지는 엄마도 몰라."

요시와라 고지는 실형을 받지 않았다. 고서를 무사히 되찾았고, 본인도 깊이 반성했기 때문이었다. 어쩌면 다이스케는 어디로 갔는지 알지도 모른다. 그는 시오리코보다 고지에게 동정적이었고, 요시와라 부자의 소식도 궁금해 했다.

"아저씨는 나쁜 사람처럼 보이지 않았어. 책 이야기를

할 때, 즐거워 보였단 말이야……. 그게 거짓말이었던 걸까."

도비라코는 침울한 목소리로 중얼거렸다.

"정말 즐거웠을지도 몰라."

하지만 고지의 심중은 아무도 모른다. 도비라코에게 들려준 건 시오리코가 아는 사실만을 이야기한 것이었다. 오늘 한 다른 이야기와 마찬가지로, 줄거리 정도의 내용이었다.

애초에 책 이야기를 즐기는 것과 인간의 선악은 상관없다.

"아저씨가 잘 지내면 좋겠다."

"……그러게."

딸의 순수한 말에 맞장구를 쳤다. 기본적으로 남에게 별로 관심이 없지만, 도비라코는 책을 좋아하는 사람을 무조건적으로 착한 사람이라 생각했다. 좌우지간 독서는 좋은 일이라는, 소박한 믿음이 그 바탕에 있었다.

위험하다는 생각도 들지만, 남에게 관심을 아예 가지지 않는 것보다는 낫다. 한동안은 이대로 지켜봐야겠다고 생각했다.

"하지만 아저씨네 아빠는 왜 엄마랑 아빠를 싫어하게 됐어?"

시오리코는 말문이 막혔다. 7년 전에 일어난 셰익스피어의 퍼스트 폴리오를 둘러싼 소동, 그리고 그보다 더 과거에 있었던 질긴 인연의 이야기를 도비라코에게는 들려주지 않았다. 일단 너무 길어질 것 같았고, 아이에게 아직 들려줄 이야기가 아니라고 생각했다.

"언젠가 도비라코가 더 크면 이야기해줄게. 그때까지 기다릴 수 있지?"

"응, 기다릴게!"

순순히 대답하는 모습에 맥이 빠졌다. 더 조를 줄 알았는데.

딱히 무슨 속셈이 있는 것 같지도 않았다. 직감이 날카로운 아이였지만, 본심을 감추는 계산적인 면모는 아직 없었다. 정말 관심이 없는 것이리라. 지금으로서는.

"책에 대한 이런 이야기가 또 있지?"

시오리코는 말없이 고개를 끄덕였다. 분명 고서에 관한 이야기는 많이 알고 있었다. 도비라코가 더 커도 들려주지 못할 이야기도 있지만.

"그만 갈까? 아빠 책이 여기도 없는 것 같네……. 어쩌면 집에 있을지도 몰라."

"좋아. 집에 가서 찾아보자!"

도비라코는 고개를 끄덕였다. 밖으로 나와 문을 잠근

뒤, 두 사람은 주차장으로 돌아왔다.

시오리코는 봉고차 베이비시트에 딸을 앉히고 벨트를 채웠다. 그리고 자연스러운 동작으로 제 손을 내려다봤다.

"왜?"

"엄마가 가방을 깜빡했네……. 여기서 기다리고 있어."

시오리코는 빠른 걸음으로 돌아가 다시 식당 문을 열었다. 물론 가방은 일부러 두고 온 것이다. 아까 책장에 숨겨놓은 다이스케의 문고본을 회수하기 위한 연기였다. 5년쯤 지나면 도비라코도 이런 트릭을 알아채겠지만, 지금은 아직 통하는 것 같다.

집으로 돌아가면 옷 속에 숨긴 파란 가죽 커버를 적당한 책에 씌워서, 딸이 찾아내게 할 속셈이었다.

그만큼 세심한 주의를 기울여 숨겨야 하는 책이었다.

시오리코는 창문 근처의 책장으로 다가가 하얀 표지의 문고본을 꺼냈다.

신초문고 『마이북 2010년의 기록』. '당신이 만드는 세상에 한 권뿐인 책'이라는 광고 문구와 함께 해마다 간행되는 책이었다. 페이지마다 날짜와 요일이 인쇄되어 있을 뿐, 본문은 모두 백지였다.

일기를 써도 좋고, 수첩으로도 활용할 수 있는 '책'이다. 다른 신초문고와 같은 사이즈에 자주색 가름끈도 달려 있었다.

일단 책을 펼쳐서 안을 확인했다. 중간까지는 아무것도 내용이 없었다. 8월에 들어서부터 다이스케 특유의 독특한 글씨로 빼곡히 문장이 적혀 있었다. 맨 마지막 장까지.

8월 초의 페이지에는 『소세키 전집 신서판』이라는 제목이 자주 등장했다. 넘기다 보니 다른 책 제목도 하나둘 나타났다. 『이삭줍기 성 안데르센』, 『만년』, 『크라크라 일기』, 『명언수필 샐러리맨』…….

다이스케가 비블리아 고서당에서 일하기 시작한 해의 기록이다.

결혼하고 나서 처음 들었는데, 그는 비블리아 고서당에서 일어난 일들을 이 『마이북』에 기록해두고 있었다. 일에 대해, 시오리코와의 관계에 대해. 무엇보다 자세히 적어둔 건, 가게에서 일어난 고서에 얽힌 사건의 전말이었다.

요컨대 비블리아 고서당 사건수첩, 인 것이다.

일기처럼 매일 적기도 했고, 훗날 당시를 회상하며 단번에 기록한 적도 있는 것 같았다. 지금도 생각난 일이나 새로 알아낸 사실이 있으면, 일하는 짬짬이 수첩을 펼쳐 기록하고는 했다. 항목별 요약이나 단편적인 기술도 많앉는데, 본인은 언젠가 제대로 된 문장으로 정리하고 싶은 모양이었다.

다이스케가 못하게 한 건 아니지만, 지금까지 시오리코는 거의 이 수첩을 펼쳐본 적이 없었다. 자신에 대해 정성을 들여 써내려간 걸 알기에 쑥스러워서 읽을 수가 없었다.

내가 그녀를 시오리코 씨라고 부르게 된 건 이때부터다. 그러니까 앞으로의 일을 기록할 때도 그렇게 부르도록 하겠다.

갑자기 그런 문장이 눈에 들어오는 바람에, 시오리코는 책을 휙 덮었다. 이마에 땀이 솟아올랐다. 대체 이 사람은 어디까지 꼼꼼하게 기록한 걸까.

하지만 이런 점도 좋았다.

어쨌든 이 책은 남의 눈에 띄게 할 수 없다. 자신들의 소소한 연애담은 둘째치더라도, 수많은 사람들의 비밀이 담겨 있다. 부부를 제외한 다른 이들에게는 존재 자체를 비밀로 해야 한다.

앞으로 더 철저히 관리하라고 다이스케에게 일러둬야겠다. 이제 어딘가에 깜빡하고 흘리고 다니지 않도록.

도비라코가 찾아서 읽을 우려도 있었다.

슬슬 돌아가지 않으면 딸이 수상하게 여길 것이다.

시오리코는 가방에 책을 넣고 고우라 식당을 나섰다. 그리고 도비라코가 기다리는 주차장으로 서둘러 걸음을 옮겼다.

작가후기

7권 후기에 '지면 관계상 본편에 넣지 못했던 이야기, 다이스케 시점으로 진행되는 이야기상의 제약으로 풀어 놓지 못한 이야기, 등장인물들의 전일담이나 후일담'을 번외편으로 낼 예정이 있다고 적었습니다.

정말 그 콘셉트로 쓴 이야기라, 새삼 설명할 말이 없습니다. 이 책에 없는 건 '전일담'일까요. 쓰고 싶었던 이야기가 하나 있었지만, 안타깝게도 이 책에는 싣지 못했습니다. 다음 기회에 쓸 생각입니다.

예전부터 본편에는 등장하지 않는 에피소드를 생각하는 걸 좋아했습니다. 대부분은 머릿속에 쌓여만 가는, 사소한 이야기의 조각들이었습니다. 그 조각들을 확장하거나 짜 맞춰서 완성한 이야기가 이 책입니다.

자, 이번에 꼭 담고 싶었던 건 책이 나오는 시기의 에피소드였습니다. 2018년 가을이죠. 7권까지의 설정은 2010년부터 2011년 사이였기에, 집필하는 시기와 작품 내 시기의 괴리는 점점 커졌습니다. '현재'의 비블리아 고서당은 어떠한 모습일지, 구체적으로 어떻게 바뀌어 갈지, 집필 중에 자주 상상해보았습니다.

바뀐 부분의 상징이 시오리코와 다이스케의 딸 도비라코입니다.

결혼하면 그 부부도 아이를 가지겠지, 지금쯤은 이만큼 컸을지도 모른다, 물론 책은 좋아할 테고, 하지만 성격은 시오리코와 달리…… 이런 식으로 머릿속에서 멋대로 캐릭터로 완성됐습니다. 앞으로도 이야기 속에서 성장해나갈 예정입니다. 오래된 책 이야기와 함께 그런 면들도 함께 그려가고 싶습니다.

이번 권에도 다양한 책들이 등장합니다. 가장 마지막에 등장한 책은 오래전부터 인용하고 싶었던 작품입니다. 드디어 세상 빛을 보게 되어서 개운합니다. 언젠가 다시 등장할지도 모릅니다.

실사영화 '비블리아 고서당 사건수첩'도 이번 가을에 개봉합니다. 또 새로운 '비블리아'의 세계가 넓어지는 건, 원작자로서 무척 행복한 일입니다.

작가 후기

앞으로도 이 이야기와 함께해 주시면 감사하겠습니다.

미카미 엔